© 2021 Giulio Einaudi editore s.p.a., Torino
www.einaudi.it

ISBN 978-88-06-25022-5

Stefania Bertola

Le cure della casa

Einaudi

Le cure della casa

1. Sfida infernale

A noi due, casa.
Siamo sole, adesso. Una di fronte all'altra, come Gary Cooper e quell'altro in *Mezzogiorno di fuoco*.
A metterci in questa condizione da sfida infernale è stato il mondo del lavoro. Il mondo del lavoro dà, il mondo del lavoro toglie.
A me ha tolto, e non una volta sola. Prima mi ha tolto un solido impiego come addetta al personale in una ditta tessile che produceva filati di alta qualità, e adesso continua a produrli ma sotto un padrone coreano. Non so se anche la nuova addetta al personale sia coreana, ma se lo è spero che i sindacati le facciano passare tormenti abissali.
Rimasta a casa, ho investito la liquidazione nel negozio di borse fatte con le cerniere lampo della mia amica e socia Cecilia. Una bella botteguccia in centro, che nelle due terse vetrine presentava piccole tracolle fatte con cerniere lampo colorate cucite insieme, grandi tracolle idem, portamonete idem, bustine idem eccetera eccetera. Era un gran bel colpo d'occhio, contavamo di avere un successo clamoroso e aprire quanto prima una sede a Roma, Milano, e forse Dubai.
Eppure, non so perché, nella nostra città non si è manifestato entusiasmo nei confronti delle borse fatte con le cerniere lampo, e Zip! ha chiuso dopo un anno e tre mesi.
Cosí, eccomi: disoccupata e pochissimo tenente.
Intanto, mentre mostrava i denti a me, il mondo del lavoro sorrideva dolcemente a Daniela. Daniela, la signo-

ra che per vent'anni si è presentata a casa mia il martedí e il giovedí alle 9 di mattina, e fino a mezzogiorno puliva pavimenti, bagni, tende, forno, piastrelle, soprammobili. Faceva il grosso, e il piccolo me lo sbrogliavo io, come e quando potevo.

Ma mentre passava energica lo straccio in casa mia, Daniela aveva un sogno, un sogno chiamato PORTINERIA. Da sempre, Daniela aspirava a diventare portinaia, e ogni volta che si liberava un posto in uno dei pochi stabili dei quartieri residenziali ancora muniti di guardiola, lei si precipitava a proporsi. Ma finora niente, erano sempre altre le fortunate che conquistavano il minialloggio con lavaggio scale. Questa volta, però, Daniela ha fatto strike, e in corso Re Umberto, edificio primi Novecento con bovindo negli appartamenti angolari, è stata convocata proprio lei.

Bye bye, Daniela. Oggi è venuta per l'ultima volta, e mentre dalla finestra la guardo allontanarsi senza rimpianti, diretta alla sua nuova vita, penso che non la sostituirò.

Ce la vediamo noi due, casa. Io e te, da sole.

Non ho voglia di prendere una sconosciuta e metterla al corrente dei miei segreti domestici. Una che guardi nei miei cassetti, osservi il disordine della dispensa, valuti le condizioni degli spazzolini da denti e orripili di fronte alle piramidi di Cheope, Chefren e Micerino che si innalzano nel mio cesto dello stiro.

Ah sí, perché stirare l'ho sempre fatto io. Non è un'attività che pratico spesso, ma è comunque riservata a me.

E tutto sommato quei 300 e passa euro al mese piú contributi preferisco averli in tasca, e convertirli in libri, sciarpe, creme antirughe e biglietti per il cinema. Visto che non lavoro piú, risparmio, e poi chissà come mi farà bene al fisico sfaticare in casa qualche ora al giorno. Il mio giro vita tornerà agli antichi splendori, i glutei svetteranno, le braccia terranno ancora lontani per anni e anni i temuti bargigli. O barbigli? Come si chiamano, quei cosi dei tacchini?

2. Il Giudizio Universale

Mio marito mi guarda, ma pensa ad altro. Pensa ad altro per il migliore dei motivi: quello che dico non gli interessa. La conduzione e le cure della casa per lui sono un argomento zero.

Non lo biasimo, per questo. Trovo normale che ad alcuni maschi, cosí come ad alcune femmine, le cure della casa non interessino. Ho avuto modo di conoscerlo bene, prima che iniziasse la nostra convivenza, e sapevo che da lui avrei avuto scarso aiuto, e solo su esplicita richiesta. Sapevo che, lasciato a se stesso, è un uomo per cui i detersivi, le spugnette, la scopa, lo Swiffer sono oggetti estranei, che a stento riconosce incontrandoli in casa. Esistono uomini che li frequentano con regolarità, uomini per i quali aiutare nelle faccende è, se non proprio un piacere, un dovere ormai spontaneo, come per i bambini lavarsi le mani prima di andare a tavola.

Mio marito no. Pur essendo nato nel 1970, sua mamma non era informata della rivoluzione femminista in atto e l'ha educato da maschietto: ad aiutare in casa era sua sorella, mentre lui montava il trenino Rivarossi. Con gli anni e le prime fidanzate ha imparato alcune cose, ma i lavori domestici restano terra straniera, e anche quando apparecchia la tavola (l'unica attività ancillare che gli ho visto svolgere in anni recenti) sembra una persona che compie gesti in un'altra lingua.

Ci sono anche molte donne a cui le faccende non interessano, e nessuno le critica tranne qualche rara suocera.

La maggior parte delle mie amiche non stravede per questo genere di attività, e lo dichiarano ogni volta che si presenta l'occasione. Se devono occuparsene, per qualche circostanza avversa tipo malattia o inadempienza della colf, lo fanno, però lamentandosi. Io sto zitta, quando si lamentano: non voglio confessare la verità, ma neanche mentire per piaggeria, e quindi sto zitta.

Torniamo a Francesco: mentre gli spiego che d'ora in poi della casa mi occuperò io, da sola, mi guarda ma pensa ad altro. E pensando ad altro annuisce, e dice: – Sí... va bene... sí sí.

Vorrei essere una donna valorosa, di quelle che a questo punto schioccherebbero le dita e con la voce metallica dell'esasperazione scandirebbero: «Francesco. Cosa. Ho. Detto?»

Ma non lo farò, perché non sono quel tipo di donna valorosa, e molto spesso parlo con Francesco delle questioni domestiche soltanto per poter dire a me stessa di averlo fatto, e anche a Dio, eventualmente.

Cioè, se il Giorno del Giudizio il Signore dei Cieli e della Terra mi chiedesse:

«Lilli, hai condiviso con il tuo sposo le decisioni riguardanti la vostra casa? Hai discusso con lui dell'opportunità di rifare il box doccia del secondo bagno, di togliere la moquette nello studio, di ordinare olio toscano, di rinunciare alla colf?»

Io potrei rispondergli, sinceramente:

«Sí, Dio!»

Perché l'ho fatto. Parlo spesso con Francesco di cose che non gli interessano, e lui mi risponde sempre con gentilezza, pronto a fare la sua parte se necessario, spalmando la sua disponibilità su un sottotesto che dice:

«Fai come ti pare, cosa vuoi che me ne importi».

Francesco è una persona interessante, ricca sia di difetti

che di qualità. Stiamo insieme da ventisei anni e siamo sposati da ventitré, abbiamo una figlia e non abbiamo amanti, da quel che mi risulta. Essere sposata con lui continua a piacermi, e ho il grande vantaggio di esserne stata in passato innamorata persa. Anche adesso che non lo sono piú, resta l'eco. Forse a questo punto potrei innamorarmi persa di un altro, ma spero che non capiti, perché ho un debole per la routine.

Adesso però è lui che mi sorprende, chiedendomi come se veramente gli importasse:

– Sei sicura di farcela da sola? Cioè, la casa è grande... e Iris non c'è mai.

Entrambe le cose sono vere: la nostra casa è grande, in quanto appartamento in cui abitava Francesco con i genitori, una sorella e i nonni. Le vicissitudini della vita hanno portato noi tre a vivere qui, e altre vicissitudini successive, peraltro molto normali, hanno portato nostra figlia Iris a studiare Lingue orientali a Venezia, per cui, in effetti, a casa c'è poco.

E quando c'è, comunque, non è una ragazza con attitudini da casalinga. Ha ventun anni, è carina, magra e studiosa, ma di fronte a un lavandino pieno di piatti sporchi si gira e si allontana come un centometrista. L'unica volta che ho messo piede nell'alloggio di Venezia che divide con altre due studentesse ne sono uscita il prima possibile per non tornarci mai piú.

– Non preoccuparti. Va bene cosí, dài. Non è che voglio tenerla a specchio. Normale.

– Finché sei a casa, okay. Ma quando troverai un altro lavoro?

Ed è qui che piazzo la bomba. Attenzione... Uno due tre SBADANG!

– Non ci sarà nessun nuovo lavoro. Non ho intenzione di cercarlo. Mi basta l'affitto di Bologna.

Eh sí. Mi sono stufata di lavorare, lo faccio da quando avevo sedici anni: lavoretti come baby o dog sitter, poi segretaria volante nello studio di un avvocato amico di mio padre, poi la fabbrica, ma insomma, lavoro da trentadue anni. E non l'ho mai trovata una cosa cosí esaltante.

Utile, certo, perché mi consentiva di avere dei soldi miei e comprare Barbie, Cavalieri dello zodiaco e pennarelli a Iris, e fare dei raid all'Ikea, e ordinare bulbi su Bakker, senza chiedere soldi a Francesco. Ma adesso a tutto questo ha provveduto zia Mariangela.

Zia Mariangela, sorella zitella di mio padre, è defunta, e defungendo mi ha lasciato in eredità un alloggio a Bologna, in via Augusto Righi, pieno centro. In ordine, spazioso, profumato di ulivo. Per quanto mi riguarda, come fonte di reddito è assolutamente sufficiente.

E, fonte di reddito a parte, che cosa c'era di tanto bello nello stare in ufficio otto ore al giorno a occuparsi dei 75 dipendenti della Lussardi & Figli?

Niente.

Ora però si tratta di farlo capire a Francesco, che sembra sconvolto all'idea. Una moglie casalinga? Leggo un accenno di panico nel suo sguardo. Nel nostro operoso *milieu*, la moglie lavora, cosí come la figlia, la sorella, la cugina. La donna in generale ha una sua vita e una sua carriera, e le rare stravaganti che dichiarano: «Lavoro? No, io faccio la mamma a tempo pieno» lo dicono già loro stesse con quel fiacco tono di sfida che denuncia un senso di inadeguatezza.

E difatti:

– Cioè? Vuoi fare la casalinga? Ti dimetti dalla vita a quarantotto anni? Ma tu sei pazza!

– Vi si sente urlare da camera mia, che succede?

Iris entra con un musetto preoccupato in cucina e ci trova ancora circondati dalle reliquie di una cena terminata due ore fa. La discussione si è allargata parecchio, andando a toccare qualunque cosa, da una sua collega che ci ha provato con lui nove anni fa a mia cugina che ancora non ci ha restituito i mille euro che le ho prestato, alle vacanze di quest'estate in un posto che mi faceva schifo, alla mia macchina che puzza sempre di fontina da quando ne ho dimenticato dentro un pezzo e l'ho trovato tre settimane dopo.

Quelle discussioni lí, universali. I litigi di ogni tempo e paese, che spaziano dal Pliocene a stamattina. Per fortuna li sappiamo gestire entrambi, anzi, credo che sia una delle cose che ci legano di piú: io e Francesco sappiamo litigare alacremente e ad altissima voce per ore, senza arrabbiarci mai fino in fondo.

Perciò è con relativa calma che Francesco informa Iris che io non voglio piú lavorare.

– Cioè, e per questo state a urlare? – Non si capacita.

– La mamma vuole fare la casalinga, – e il tono è sgomento, come se avessi annunciato di volermi iscrivere a *Temptation Island*, fidanzarmi con un'amica, partire per fare la volontaria in Afghanistan.

– Figo! – commenta mia figlia, prende un pacco di wafer e se ne va.

3. Se ti punge una medusa

Decido per un approccio morbido alla mia nuova vita di casalinga a tempo pieno, e quindi, per prima cosa, oggi ho intenzione di stirare.

In fondo Daniela è venuta ancora ieri, perciò immagino che bagni e pavimenti, soprammobili e tende per il momento non abbiano grosse esigenze. Fino a domani, il giorno in cui si guarderanno attorno spaesati sussurrando: «Ma Daniela? Dov'è Daniela? Che succede oggi? Chi ci pulisce?»

È mattina, e ho accompagnato Iris alla stazione. Siamo in settembre, e le lezioni della Triennale in Lingue, culture e società dell'Asia e dell'Africa mediterranea a Ca' Foscari non sono ancora iniziate, ma a Venezia Iris ha casa, amici e soprattutto un lavoro, per cui ciao ciao mammi ciao ciao papà, sono stata a casa un po' e adesso vado.

È salita sul Frecciarossa, scenderà a Santa Lucia e lí prenderà il *bateo* per la casa al Castello, quella che divide con altre due studentesse in Lingue orientali. Tutto questo non potremmo permettercelo, se Iris non contribuisse lavorando come baby sitter per una ricca gallerista della Giudecca.

Ciao ciao Iris, adesso ho appuntamento con Cecilia al chiosco del parco, per una colazione di aggiornamento. Non ci vediamo spesso, perché lei è sempre in giro. Dopo il fallimento dell'avventura zip, ha fortunatamente trovato lavoro come Collaboratrice Estetica di un'importante imprenditrice italiana. E cioè?

E cioè questa signora, Isabella Valdieri, che guida con pugno di velluto una grossa azienda di famosissimi vini italiani e grappe e non so cos'altro, venduti in tutto il mondo, ha da sempre fra i suoi dipendenti una persona che si occupa esclusivamente del suo look e di quello dei collaboratori. Cena al Convegno Bollicine Imperdibili in una villa del Palladio a Treviso? Serata inaugurale al Met con folta rappresentanza di vini italiani? Partecipazione alla Settimana dei Liquori Fortissimi a Pechino? La C. E. sceglie abiti e accessori per la signora, controlla che enologi e uffici stampa, segretari e assaggiatrici siano sufficientemente chic, rinfresca trucchi, spunta capelli, fa una piega o una tinta, cambia all'ultimo momento le scarpe di qualcuno perché non vanno bene eccetera eccetera.

Cecilia è perfetta per questo lavoro, ha il diploma di estetista e di parrucchiera, ha fatto un sacco di corsi da make-up artist, ed è tutta la vita che passa la maggior parte delle sue giornate a guardare, comprare, confrontare, invidiare e modificare capi di abbigliamento e accessori. Si è sempre aggirata nel ramo, ma senza mai fermarsi a lungo: oggi parrucchiera, domani truccatrice di spose, dopodomani creatrice di borse fatte con le zip, l'altro ieri decoratrice di unghie... ecco a voi Cecilia. Conosce tutti e tutti conoscono lei, e cosí un rapido passaparola l'ha segnalata alla Signora delle Grappe proprio al momento giusto, quando la precedente C. E. si era appena licenziata.

Questo profilo forse farebbe pensare a una tipa che agli appuntamenti con le amiche si presenta un po' in ritardo, o puntuale ma trafelata. Invece no. Quando arrivo al Café Mocha, chiosco liberty nel cuore del parco cittadino, Cecilia è già lí che mi aspetta, e legge il giornale davanti a un caffè.

– Questo non vale, – dice indicando la tazzina mentre mi siedo. – Per il cappuccino ho aspettato te.

Cappuccino e croissant per entrambe, siamo due italiane vere, poi lei mi racconta della bizzarra cena di qualche giorno prima, quando ha dovuto fare in fretta e furia una tinta usa e getta al fidanzato della Valdieri nei bagni di un ristorante chic di Milano, perché l'eccessivo grigio dei suoi capelli lo rendeva poco glamour agli occhi della Signora.

– Capisci, eravamo a questa cena di canadesi, volevamo piazzare il nostro spumante ad Air Canada, e di colpo la Valdieri si è accorta che tutti i canadesi erano giovani, ma giovani sul serio, non ristrutturati. Biagio invece non è né giovane né ristrutturato, e lei non voleva farsi vedere con un partner inadeguato. Cosí mi ha detto: «Intercettalo prima che entri, portalo in bagno e fagli i capelli». Dio che stress.

– Ma... avevi la roba con te?

– Ovviamente. Nella mia cartella ho sempre tutto quello che serve a trasformare una persona, bisturi a parte.

– È venuta bene la tinta?

Cecilia mi guarda male. Lei non pronuncia mai la parola «tinta». «Colore» e derivati rendono tutto piú accettabile.

– Un colore stupendo. Naturalissimo. E tu? Novità?

– Sí! Da oggi faccio la casalinga!

Le racconto tutto, di Daniela che assurge al rango di portinaia, dell'alloggio di Bologna, di Francesco che l'ha presa male, di Iris che ride. Lei non ride, e non la prende male. Sbuffa, con un'alzata di spalle.

– Sí, sí, certo. La casalinga. Come no. Durata dell'esperimento? Due settimane.

– A me piacciono, le faccende di casa.

– Solo per far rabbia a tua madre. Va beh. Vedremo. Uomini in vista?

Lei è fatta cosí, nessun argomento la interessa per piú di mezza pagina di dialoghi. In piú è convinta che io debba incontrare almeno ancora un grande amore, e ogni tanto mi fa presente che a quarantotto anni non c'è piú tutto questo tempo. Notare che lei di anni ne ha quarantasette, e se ha trovato il grande amore io non me ne sono mai accorta. In compenso ne ha trovati tantissimi piccoli.

– Zero. E tu, con Pucci? Come va?

A capire come va dovrebbe bastare il fatto che costui, anni cinquantacinque, vive ancora con la madre, in una vetusta dimora decadente nel borgo piú chic della città. Ma ascolto con pazienza Cecilia lagnarsi della predilezione che Pucci assegna al golf rispetto a lei, la conforto suggerendo alcune cose molto peggiori che potrebbero contenderle la dedizione di Pucci e sobbalzo di sollievo quando il telefono squilla e vedo sul display il nome IRIS. Avrà dimenticato qualcosa a casa, ora mi toccherà spedirglielo.

«Ciao mà, senti, scusa, mi sono dimenticata che volevo chiederti una cosa. A che serve l'ammoniaca?»

«Eh? L'ammoniaca?»

«Sí, è un prodotto, tipo il Cif o la candeggina. A casa nostra ne abbiamo trovata una bottiglia, l'hanno lasciata gli inquilini di prima, e con le ragazze ci chiedevamo a che serve, cioè, per pulire cosa. Visto che tu ora te ne intendi...»

«Non me ne intendo ancora, – protesto. – Ho appena cominciato. L'ammoniaca... eh...»

La verità è che non ne ho idea. Daniela la includeva regolarmente nella lista delle cose da comprare, ma non so per cosa la usasse, io di sicuro non l'ho mai neanche toccata. Lo ammetto con mia figlia? Ma certo.

«Non saprei, tesoro. Ora mi informo da Daniela e poi ti mando un messaggio».

«Ah ah, e tu vorresti tenere la casa? La vedo dura!»

E sghignazzando mia figlia riattacca.

Guardo Cecilia, che attende impaziente di riprendere a lamentarsi di Pucci.

– Cecilia, tu per caso sai a cosa serve l'ammoniaca?

– Certo, se ti punge una medusa toglie il bruciore.

– Ma in casa? Ramo faccende domestiche?

– Può servirti se hai un acquario con dentro una medusa e quella salta fuori e ti striscia.

Si crede spiritosa, anche. Sospiro. – Mi dicevi, di Pucci?

Mentre sono ferma a un semaforo tornando verso casa, ripenso all'ammoniaca e decido che non lo chiederò a Daniela. Mi sentirei troppo scema, a chiamare la mia ex colf per sapere a cosa serve l'ammoniaca. Sai che risate si farebbe: ma guarda questa, per anni e anni mi ha comprato l'ammoniaca e neanche sapeva per cosa la usavo? Che grande interesse per le pulizie di casa, ah ah ah. E adesso vorrebbe fare da sola? Ah ah ah.

No, lo cerco su Google, zitta e muta. E poi faccio una scheda per Iris e gliela mando. Ed è in quel momento che mi viene l'idea.

Farò un quaderno di faccende domestiche per Iris. Sí sí sí. Come quello delle ricette che la nonna ha fatto per me, e che consulto quando voglio cucinare qualcosa che strappi una reazione. Una serie di schede che le serviranno un giorno, quando invece di una camera avrà una casa, e invece dei coinquilini una famiglia. E quel giorno glielo consegnerò, e lei lo aprirà e in prima pagina troverà la voce…

AMMONIACA

L'ammoniaca è circondata da una certa diffidenza, dice Google. Molti la considerano pericolosa. Eppure ora che ci penso nei romanzi dell'Ottocento è usatissima per far riprendere i sensi a coloro che li hanno persi. Okay, è tossica, ma credo sia soprattutto il suo odore a giocarle contro: è molto cattivo, e rimane in zona per un pezzo. Per il resto, però, ha solo virtú: è fantastica contro il grasso, pulisce i vetri da dio, è magica per riportare a splendore i tappeti, è economica, affidabile, e inquina meno dei prodotti industriali. Quindi, cara Iris, aveva ragione Daniela a volerne sempre una scorta: puoi aggiungerla al bucato per smacchiare senza rovinare i colori, e se mai per caso nella vita, ma non vedo perché, comunque non si sa mai, se eventualmente, però spero proprio di no, ti venisse in mente di pulire le parti cromate di un'automobile, fallo con l'ammoniaca e splenderanno come gioielli della Corona. In quanto a eliminare l'odore, affidati all'aria e al tempo, perché l'unico altro metodo che ho trovato è un'operazione in SETTE fasi che comprende l'uso del bicarbonato, profonde cognizioni di chimica, sifoni, secchiate d'aceto, tempo di posa e disegni coi numerini. Troppo, per un detergente.

4. Munro vs *Revenge*

Arrivo a casa, sollevo con la forza di cento braccia l'enorme cesto della roba da stirare e riempio d'acqua la vaschetta della caldaia del ferro da stiro. Mentre l'acqua si scalda, cerco di calcolare a quanti capi devo togliere grinze e piegoline. Quanti vanno trasformati da ammassi di stoffa cartonata (dovrò decidermi a usare l'ammorbidente) in lisci indumenti da sistemare in armadi e cassetti.

Per festeggiare il mio nuovo approccio allo stiro, non piú casuale contributo alla conduzione della casa ma componente essenziale di un'attività a tempo pieno, oggi conterò il numero degli oggetti da stirare. Sposto una T-shirt dal cesto al piano del tavolo, e inizio.

5 strofinacci
2 tovaglie
5 T-shirt uomo
3 camicette donna
2 camicie uomo
6 T-shirt donna
5 federe
2 lenzuola
4 fazzoletti
7 asciugamani di varie misure
2 mutande uomo
2 pantaloni donna
1 bermuda uomo
3 vestiti cotone donna

In tutto, quarantanove.

Quarantanove. Sono le undici di una mattina di settembre e non ho nemmeno il profilo minaccioso del pranzo che si staglia all'orizzonte. Iris è partita e Francesco è al lavoro e non torna fino a stasera. Il suo lavoro per fortuna è di quelli che ancora non si possono fare da casa. Quelli che consentono di compiere queste due azioni meravigliose entrambe, e indispensabili l'una all'altra: USCIRE e RIENTRARE. Cambiare dimensione, mettere distanza fisica fra le diverse componenti della vita, respirare. Non ho mai capito quelli a cui piace o piacerebbe lavorare a casa.

Personalmente, trovavo uscire ogni mattina uno degli aspetti più gratificanti del mio noioso impiego. Anche perché mi consentiva di tornare, verso le sei del pomeriggio. Noi abitiamo di fronte a uno dei molti parchi di questa città, quello che scorre lungo il fiume Dora, e la natura a pochi metri dal portone mi permette di aspettare l'ascensore sempre inebriata dalla stagione in corso: il profumo di terra della primavera, i tigli estivi, il vago aroma di falò in autunno, la fretta beata dell'inverno: a casa a casa a casa che fa freddo!

E so che per Francesco è lo stesso. Gli piace un sacco andare in ufficio. Lavora per l'Assessorato all'Ambiente e si occupa del verde pubblico. La nostra città ha tantissimo verde pubblico. È circondata dalle montagne, i cui boschi, prati, macchie, giardini e radure sono scivolati giú fino a infilarsi in grande quantità fra le nostre vie, piazze e mercati. Inoltre siamo attraversati da tre fiumi, uno grandissimo, uno grande e uno piccolino, come gli orsetti di Riccioli d'oro. Perciò il lavoro di Francesco è importante, e lui lo fa da anni con qualunque assessore o giunta perché il suo è un ufficio tecnico, e quelli non li cambiano a ogni colpo di elezioni. Torna a casa nel tardo pomeriggio, a volte mi parla della sua giornata, un grande classico del marito che rientra. Mi dice di platani feriti, giardinetti in cui sono spuntati ibischi imprevisti, pecore usate al posto di tagliaerba diesel mandati in pensione, aiuole multicolor, corsi cittadini invasi dalle erbacce. A me interessa, amo le piante, e lo ascolto volentieri.

Niente pranzo all'orizzonte, quindi, solo questa distesa di grinze da appianare. Preparo la cesta vuota in cui depositerò uno a uno i risultati del mio lavoro, e attacco.
Prendo una camicia da uomo, e per la prima volta in vita mia mi chiedo se esiste una regola per stirarle. Io comincio dal colletto, sempre. Il colletto mi pare il punto fermo della camicia, la base naturale. Ma poi? Maniche? Maniche, sí. Colletto, e poi maniche. Poi le due metà davanti, o il dietro? Prima le due metà davanti, decido. Dopo controllerò online se esistono dei tutorial che dettano legge su come si stirano le camicie.
Intanto, rifletto: cosa mi piace stirare? Cosa non mi piace stirare?
Gli asciugamani, le federe, le lenzuola e le tovaglie mi piacciono, perché li stiro piegati. Diventano tutti rettangoli piú o meno spessi, spingo forte il vapore, e presentano due superfici invitanti, quelle esterne.
Quelle interne? E che importa? Negli armadi fanno figura cosí, quelle belle pile ordinate. Sono carine anche da portare in giro per casa: ti aggiri reggendo un blocchetto di tre o quattro asciugamani stirati e ti senti subito Meg di *Piccole donne*.
Tra l'altro, credo di essere stata l'unica bambina mai nata che volesse essere Meg. Il libro l'ho letto poi da grande, per dovere, ma a dieci anni andavo matta per il cartone giapponese, e trovavo Meg ammaliante. Sempre perfetta, elegante, saggia, non fanatica come sua sorella Jo, malata come sua sorella Beth, o petulante come sua sorella Amy.
Le T-shirt non mi piacciono tanto perché si storcono. Chissà se qualcuno lo ha mai notato: le T-shirt quando le compri sono dritte, poi dopo un po' diventano stor-

te, perdono la loro natura di parallelepipedi. I bordi non coincidono, i lati diventano asimmetrici. E sono sempre troppe: non è possibile che tre persone sporchino tutte queste magliette!

E poi: cosa sono quei cosi? Quelle specie di anelli che hanno dentro, tipo se volessimo appenderle, ma nessuno appende le T-shirt, sono anelli enormi, che spuntano fuori quando meno te lo aspetti, e ti rovinano il look. Devo ricordarmi di cercare su Google a cosa servono.

Felicità! I vestiti di cotone non li stiro, perché ormai è ora di riporli. Immagino ci sia gente che ripone i vestiti dopo averli stirati, in ampi quattrostagioni, appesi a grucce, una fila croccante da ritrovare a maggio. Io no. Io li arrotolo e li infilo nel ripiano piú alto del mio armadio. A maggio li srotolo e li stiro. Furba, no?

Ah, a proposito dei quattrostagioni. Mi dicono che esistono armadi a sette ante. Cioè, l'altro giorno ho sentito una ragazza che si vantava, mentre eravamo in coda alla cassa del supermercato: «Io ho un armadio a sette ante, sei per me e solo una per il mio ragazzo, ma ormai gli ho invaso anche quella». Brava! Però cos'è quello, un settestagioni?

I fazzoletti sono super, i pantaloni noiosi, gli strofinacci da cucina un guaio. Li stiro, anche se a malincuore, perché poi mi piace vederli pendere tutti rigidi dai loro ganci. Ma non sono mai, mai puliti. Ogni tanto, a casa degli altri, guardo i loro strofinacci e li vedo sempre lindi e senza macchie. I miei entrano nella lavatrice sporchi ed escono leggermente meno sporchi. Questo aprirebbe un discorso molto doloroso sui detersivi ecologici e le temperature di lavaggio, ma non ci voglio pensare adesso. Adesso non penso, guardo.

L'asse da stiro è davanti alla tele, e accanto alla tele c'è il lettore DVD. Quando penso di stirare per poco, o so che facilmente qualcuno mi interromperà, cerco un film su Sky o una serie di quelle in cui ogni episodio fa storia a sé, una volta si chiamavano telefilm. Fortuna smaccata quando ne trovo uno di Poirot o Miss Marple. Se invece ho tempo, come stamattina, vado avanti con i miei DVD di *Downton Abbey* e *Revenge*.

Downton Abbey, sono alla sesta stagione. Ultima puntata vista: la tre, quando Tom e la piccola Sybil tornano a Downton, durante il matrimonio di Carson con la signora Hughes. Sono felicissima di questo rientro, perché Tom è uno dei miei preferiti, e spero ancora che prima o poi sposi Rose. Okay che lei si è appena sposata con un altro, ma siamo solo alla terza, può ancora morire, questo marito. (Rose non divorzia, secondo me).

Revenge, sono alla seconda stagione, sesta puntata: quando Jack chiede alla finta Amanda di sposarlo. Ogni volta che la guardo, penso che questa fiction mi chiede la piú faticosa sospensione dell'incredulità di tutta la mia vita. Veramente. Sospendere l'incredulità guardando *Revenge* è sfibrante. Cioè, come fa Jack a non riconoscere che è Emily la vera Amanda? Voglio dire, tra i dodici e i ventinove anni cambi, ma non cosí tanto. Emily e la finta Amanda non si assomigliano per niente, zero. È scemo, Jack?

Faccio cosí, allora: mi finisco *Downton Abbey*, che manca poco, e poi mi concentro su *Revenge*.

Mentre accendo il lettore DVD, il ferro comincia ad agitarsi, e come sempre ho paura che si butti giú dalla caldaia. Lo fa, ogni tanto. Perché la caldaia è molto inclinata, e il ferro da stiro scivola facilmente. Mi riprometto di scrivere alla ditta produttrice e chiedere perché diavolo non le fanno dritte, le caldaie. Forse perché se i ferri si autoscagliano a terra e si rompono noi dobbiamo comprarne degli altri. E infatti il mio si è rotto, ma per fortuna esiste il Sugru e l'ho aggiustato benissimo. Ora funziona come prima, ha solo delle piccole parti blu.

Proprio mentre Anna si sente male e rischia di perdere il bambino e Lady Mary la porta dal dottore a Londra, suonano al citofono. È la mamma! Aiuto! Panico giallo, codice rosso.

Alla mamma non l'ho ancora detto che non voglio piú lavorare e voglio occuparmi della casa. Apro la porta, la sento salire le scale e mi preparo a sostenere il suo disappunto.

– Ciao, sono stata dall'estetista e ho pensato di passare a portarti i racconti della Munro.

– Grazie... vieni, che ti faccio un caffè.

– No grazie, tesoro, mi fermo solo un attimo perché sono a pranzo da Marianna. Come va?

Entra in cucina e vede l'asse da stiro. Non vede *Downton Abbey* perché prima che arrivasse ho fatto in tempo a metterla in pausa e spegnere la tele. Mamma non apprezza *Downton Abbey*, ma questo è niente in confronto a quanto non apprezza vedermi stirare.

A differenza della madre di Francesco, nel 1972, quando sono nata io, mia mamma era intensamente partecipe del rutilante femminismo dell'epoca. E infatti mi ha chiamata... ma no, meglio non parlarne. Essendo però una donna intelligente e allegra, mi ha allevata con moderazione, permettendomi di avere tutte le Barbie e tutti i Cicciobelli che volevo (anche perché non ci sarebbe stato modo di arginare le nonne), cercando almeno di correggere il mio lato Meg, che imputava alla pessima influenza di Noemi.

E infatti, quando con finta fermezza e reale tremarella le racconto che Daniela si è licenziata, che la sostituirò con me stessa e che non ho intenzione di cercarmi un altro lavoro, bensí di viver di rendita grazie all'alloggio di Bologna, mia madre mi guarda negli occhi e accusa:

– Hai rivisto Noemi.

SUGRU

Cose che puoi fare col Sugru:
- Aggiustare il ferro da stiro.
- Attaccare ganci e cose varie alle mattonelle del bagno.
- Riparare tazze sbreccate e riattaccare manici staccati. Un consiglio? Meglio non cercare di mimetizzare, che tanto anche se fai bianco su bianco il Sugru si vede. Tanto vale puntare sulla sincerità, e riparare la tazza bianca col Sugru arancione o verde.
- Richiudere fili elettrici sfrangiati o pericolosi, aggiustare tutti i cavi di alimentazione.

Cose che non puoi fare col Sugru:
- Lavare le stoviglie sottoposte a Sugru nella lavapiatti, perché alla lunga la toppa si stacca. Meglio sciacquarle a mano.
- Fissare un tassello.

Ce ne saranno altre, ma le mie peggiori sconfitte Sugru le ho avute con tasselli, viti, cerniere.

Il Sugru si ordina online. Lo vende una tizia che si chiama Jane, e scrive anche parecchie mail. È simpatica, Jane Sugru. Ti conviene tenerne sempre qualche bustina di scorta, perché normalmente capita di averne bisogno il venerdì sera e sai che anche ordinandolo immediatamente passerà qualche giorno prima che arrivi. Meglio ordinarlo quando si apre la terzultima bustina.

Una lacuna del Sugru è che non esiste quello d'oro o d'argento. Se esistesse si potrebbe fare quella cosa giapponese di riparare la porcellana con l'oro. Ho scritto a Jane Sugru proponendoglielo, e lei mi ha risposto che ci penseranno.

5. Cicciobelli

Noemi, croce e delizia, la mia amica del cuore alle elementari. Dalla prima alla quinta, vicine di banco e inseparabili come quei pappagallini, e per fortuna anche vicinissime di casa, io al numero sette e lei al numero nove della stessa via, stesso lato del marciapiede, al pomeriggio potevamo andare lei da me io da lei anche da sole, sia pure con le rispettive mamme sul balcone a guardarci e poi veloci come fulmini ad aprire al citofono, casomai passasse in quel momento un accanito rapitore di bambine di otto anni non particolarmente ricche.

Noemi, magrissima, leggermente spiritata, con gli occhiali e l'apparecchio, era proprietaria di sei Cicciobelli. Io ne avevo tre: Cicciobello normal, Cicciobello nero e Cicciobello giallo. Lei aveva anche Cicciobello ski, Cicciobello asilo e Cicciobello con l'ombrello. Come madre di sei figli, senza contare tutte le altre bambole e le Barbie, di cui non eravamo madri ma avatar (anche se gli avatar erano un concetto ancora sconosciuto), come madre di sei figli Noemi era organizzatissima. Aveva carrozzine, passeggini, pentole, piatti, cucinette, fasciatoi, montagne di vestitini, in parte comprati, in parte fatti dalle nonne. Rispetto a me, aveva l'enorme vantaggio di essere non solo figlia, ma anche nipote unica, per cui c'erano due intere nonne votate esclusivamente a lei.

Io, pur dovendo dividere le mie con alcuni cugini, ero abbastanza ben fornita, ma con dei limiti ideologici causati da mia mamma. Impiegata alle poste con aspirazioni culturali, aveva messo dei paletti invalicabili alla mia educazione minifemminista. Giustamente, non aveva nulla contro le Barbie, ragazze in gamba che perseguivano una infinità di carriere, da giornalista a veterinaria, da infermiera a creatrice di moda. Facevano sport, in bicicletta, a cavallo o sui pattini. Avevano cura di se stesse, disponevano evidentemente di un ottimo reddito e dominavano senza cedimenti quel fidanzatino con l'inguine liscio, il povero Ken. Barbie guidava il camper e all'occorrenza, con un semplice gesto, sapeva trasformarlo in ufficio. Aveva la villa con l'ascensore, un paio di purosangue e andava in vacanza a Malibú. Perché mai una madre avrebbe dovuto osteggiarla? Magari noi figlie fossimo diventate ricche, bionde, indipendenti e ben introdotte come Barbie. No, l'avversione di mia mamma era rivolta verso i giochi che imitavano le attività casalinghe. Lavatrici giocattolo, miniaspirapolvere, fornetti, cucinette, carrellini del supermercatino, era questo che la disgustava. Nemmeno la classica scopetta con paletta aveva voluto comprarmi.

– Dovrebbero regalarle ai figli maschi queste cose! – tuonava. – Non alle bambine! Imparino loro, a sette anni, a passare l'aspirapolvere!

Ovviamente a casa delle nonne qualcosa c'era, ma non come da Noemi. Camera di Noemi era un'anticipazione di Expert o Trony. Non esisteva elettrodomestico versione sette anni che lei non possedesse. E i grembiuli? Meravigliosi grembiuli ornati di pizzo che le nonne cucivano per lei. Ma soprattutto, e piú di ogni cosa, Noemi possedeva un oggetto che le ho solidamente invidiato per anni.

«Quando sarò grande, – pensavo a volte, – e avrò un lavoro, e avrò i miei soldi, per primissima cosa mi comprerò la Maglieria Magica».

La Maglieria Magica! Era gialla, e sulla scatola c'era una bambina bionda con un sorriso da qui a lí che girava la manovella, producendo quei meravigliosi quanto inutili tubi di lana. COSÍ FACILE! c'era scritto, sempre sulla scatola.

Beh, non era vero, non era facile per niente, ma quando, dopo infiniti errori, e garbugli, e lana tagliata, e mamma chiamata, e scoraggiamento infinito, quando riuscivamo a far uscire il nostro tubicino di lana rosa, beh, eravamo due bambine veramente felici. E piú che felici siamo state quando abbiamo prodotto ben sei tubicini di lana rosa. Clelia, la mamma di Noemi, li aveva riempiti di cotone e cuciti insieme formando una specie di bambola. Le aveva fatto i capelli di lana gialla, e gli occhi con due bottoncini verdi e la bocca con un bottone rosso. Avevamo battezzato questo orrore Lollina, e l'aveva vinta Noemi a pari e dispari. Stava a casa sua, ma io potevo vederla quando volevo.

Noemi abitava in una casa perfetta, sempre lucida dalla testa ai piedi. Quando facevamo merenda nella sua lindissima cucina, il tempo di finire e di sbattere gli occhi ed era già tutto pulito. A casa di Noemi non solo erano in funzione 24 ore su 24 le pattine, quei meravigliosi rettangoli di feltro da mettere sotto le scarpe, ma una nonna particolarmente fanatica le aveva confezionato pure le pattine per la casa di Barbie, anche se vedere le Barbie arrancare sulle pattine con il tacco dodici era una pena.

La mamma di Noemi era casalinga per vocazione, diceva sempre: «E chi ha tempo di lavorare? Ho troppo da fare!», si faceva una bella risata e a me sembrava americana come le mamme dei telefilm.

Con Clelia e Noemi infornavo i biscotti, imparavo a cucire e certe volte la simpatica sfruttatrice ci metteva pure a lucidare i cucchiaini d'argento con l'Argentil. Tutto questo non piaceva a mia madre, che stoicamente sopportava e aspettava che intervenisse la vita a separarci, e la vita, puntuale, ci aveva mandate in scuole medie diverse, poi i genitori di Noemi avevano cambiato casa, e alla fine, piú o meno ai tempi del ginnasio, avevo perso ogni contatto con lei, sostituita da altre amiche che leggevano Toni Morrison, andavano a teatro e dicevano: «Bah, i maschi!» con tono di sopportazione.

– Ma va'! Noemi! Pensa te. Sono almeno trent'anni che non ne so piú nulla, – dico adesso alla mamma che mi guarda con sospetto come la fidanzata di Baglioni.

– Potevi averla incontrata per caso. In questa città ci si incontra, prima o poi.

Già, è vero, e perché allora non ho mai incontrato Noemi?

– Sicura che non vuoi un caffè?

– Ma no, te l'ho detto, sto andando a pranzo. No, volevo solo salutarti e portarti questo. Hai finito la Strout?

TADAN! La Strout. Accidenti. Me la sono completamente dimenticata. La mamma mi porta con costanza e fiducia libri da leggere: *Olive Kitteridge*, *Il racconto dell'ancella*, *Gli anni*, *Trilogia della città di K*. Io li leggo per dovere, non tutti, non sempre e non fino in fondo. Perché non posso confessarle la brutta verità, e cioè che, lasciata a me stessa, leggerei solo thriller e romanzi d'amore. Questa è una cosa che mia mamma non deve sapere mai.

– Quasi. Mi mancano venti pagine.

– Bene, cosí poi puoi cominciare la Munro. Vedrai, è meravigliosa.

Annuisco convinta, la saluto, e riattacco *Downton Abbey*: oh, finalmente Anna dice a Bates che è incinta!

STORIA DELLA PATTINA

Ah, Iris, non lo so se qualcuno ha mai scritto la storia della pattina. È un oggetto che ormai si ritrova solo nelle case di certe zie molto anziane e di provenienza popolare. Ma forse neanche. Già quando ero piccola io erano in disuso, e tranne che a casa di Noemi, della nonna di Noemi dove una volta o due sono stata invitata e in quella di una mia prozia, non le ho mai viste. Erano dei rettangoli di feltro, mi pare, che si mettevano sotto le scarpe per non sciupare i pavimenti. Per camminare con le pattine bisognava scivolare, e non era facile farlo senza sembrare un'ottantenne anche a otto anni. Non era possibile roteare con grazia stile Carolina Kostner, potevi solo fare passettini esitanti. Il lato buono delle pattine era che camminando effettivamente lucidavi il pavimento. Le visite corredate di pattina erano visite utili, non semplici occasioni sociali.

Il lato cattivo era che la pattina si perdeva facilmente, bastava una piccola esitazione e ti ritrovavi con un piede pattinato e l'altro no, con la trucida scarpa direttamente posata sul pavimento. Questo stress notevole era azzerato da un particolare tipo di pattine, che ho visto soltanto a casa della mia prozia Rita, quindi la tua... non saprei... triszia? Queste sue pattine lussuose avevano una specie di fascia in cui potevi infilare il piede. Era come se qualcuno, molto faticosamente, stesse cercando d'inventare le pantofole.

6. Le rose, la neve e la cucina

Ripenso a Noemi qualche giorno dopo. Ho appena finito di fare la cucina. Con questa espressione, «fare la cucina», noi casalinghe intendiamo l'azione di rassettare e pulire dopo un pasto. Sono le nove e mezzo di sera, Francesco è di là che guarda un documentario di Sky sulla vita vegetale dei vegetali. Cioè, di certi particolari vegetali in una zona del mondo che non ho capito bene qual è, anche perché ho una specie di saracinesca nel cervello che si abbassa telecomandata dal mio inconscio ogni volta che Francesco pronuncia la parola «tropicale» o «equatoriale». A me le piante piacciono, come ho detto: alberi, fiori, cespugli, tutto l'ambaradan. Ma solo le specie locali, come i faggi, i tigli, le primule, il cotoneaster. La vegetazione esotica non mi commuove. E cosí, mentre lui stava guardando la vita vegetale esotica insieme a due amici che sono venuti a cena – Piero e Marcella, lui è collega di Francesco, lei è coniuge –, io ho piazzato sul tavolino un boccione di cioccolatini, ho borbottato qualcosa tipo che sistemavo un attimo in cucina, e POF, sono sparita come per incantesimo.

Ho caricato la lavastoviglie, lavato a mano i bicchieri belli, riposto gli avanzi in frigo. E questo è il minimo sindacale. Ma piuttosto che raggiungere gli altri davanti alle jacarande o cosa, ho anche lustrato i fornelli, svuotato lo scolapiatti, passato la spugnetta su marmi e piastrelle e, dopo aver accuratamente scopato, lavato per terra. E adesso, appoggiata allo stipite della porta, guardo la cucina illuminata solo dalla fioca lucetta sul fornello, e penso a Noemi, e a sua mamma, che diceva ogni tanto: «Ah, che soddisfazione quando la cucina è tutta a posto. Peccato che duri cosí poco!»

Ti capisco, Clelia Pontini mamma di Noemi Pontini, ti capisco adesso, in questo momento, appoggiata allo stipite della porta, mentre guardo questa cucina immacolata e provo un sentimento che non so definire. Gioia e struggimento insieme. Gistruggimento?

È una piccola felicità intima, intima come certe canzoni, come l'odore dei bambini piccoli o mettersi i calzini il mattino presto...

Lo sguardo scivola sul pavimento immacolato, gli spigoli dei pensili, il lavandino scintillante, neanche un bicchiere o un cucchiaino macchiato di Nutella in giro, gli strofinacci appesi ai ganci, le tende bianche coi ricami al centro. Perfetta. È la mia cucina, ed è bella. Lo so, è una bellezza effimera e fuggitiva come quella di una rosa o di un fiocco di neve. Basta che uno di quelli di là voglia un altro caffè, ed è fatta. E se anche avessi una fortuna smaccata e si accontentassero di scofanarsi i cioccolatini commentando le guzmanie, al massimo questa bellezza pacata durerà fino a domattina, poi la colazione la violerà con le briciole delle biscottate, le tazze sporche, le macchie di caffè sul fornello, perché non riesco mai a spegnere la moka prima che schizzi.

Ma adesso posso guardarla e riguardarla, e fissare l'incanto prima che sfiorisca o si sciolga. Mi sento in pace, ho pulito la cucina, un gesto inutile, ripetitivo, addirittura un po' esagerato, perché lo Smac sui fornelli è stato un barocchismo, lo so.

Ma Clelia e Noemi Pontini mi capirebbero. E da questo pensiero germoglia, velocissima, forse influenzata dal clima tropicale di Sky, un'idea che subito diventa un proposito e in un attimo un progetto: ritrovare Noemi.

– Solo che lui non ha il coraggio di dirglielo. Hai visto quanto sono tesi?

Francesco si è messo il pigiama, un vero pigiama, giacca e pantaloni, non è il tipo che dorme in boxer e T-shirt. Io sono già a letto, con il mio computer sulle ginocchia, e annuisco. Erano tesi, sí.

Stiamo parlando di Piero e Marcella, i suoi amici, sposati da dieci anni, piú giovani di noi, sui quaranta. Il motivo per cui sono tesi è che Piero ha da otto mesi una storia con la segretaria dell'assessore e non sa che fare. Dirlo a Marcella? Non dirlo? Mollarla? Non mollarla? L'unica opzione che non considera è mollare la segretaria, che gli fa vedere il paradiso nei bagni dell'ufficio tecnico.

– Si faccia scoprire. È il jolly dei mariti traditori. Farsi scoprire, cosí scoppia il casino e qualcosa succede.

– È proprio di quello che ha paura. Del casino. Perciò non dorme, si barcamena, mente a tutte e due, e gli sta venendo l'alopecia.

– Uff. Se la merita.

Francesco si rende conto che non manifesto il mio solito partecipe interesse per i fatti altrui. Sbircia lo schermo del mio Mac.

– Che fai?

– Sto cercando di rintracciare Noemi Pontini.

– E chi è?

– Una mia compagna delle elementari. Era la mia amica del cuore.

– E?

– E cosa?

– E come mai ti è venuta voglia di cercarla?

– Boh. Ho pensato a lei e mi sono chiesta: chissà Noemi... Ma non c'è su Facebook e neanche su Instagram o Twitter, e se digito Noemi Pontini su Google non viene nessun risultato.

– Impossibile. Non esiste nome che non dia qualche risultato su Google.

– Beh, certo, vengono risultati senza Noemi e risultati senza Pontini, ma proprio «Noemi Pontini» zero.
– E col nome da sposata?
– Che ne so io del nome da sposata. Magari non è neanche sposata.

Spengo il computer, e mentre Francesco si svaga dopo tanta flora con un po' di basket (odio il basket, perché diavolo non guarda il calcio come tutti gli altri uomini?) io penso, e penso, e penso, a come fare a scoprire dov'è Noemi. Come in quel film, il primo che sono andata a vedere da sola con i miei compagni, senza genitori. Cercasi Noemi disperatamente.

GLI STROFINACCI

Perché gli strofinacci sono sempre sporchi, anche appena usciti dalla lavatrice? Semplice, perché la maledetta coscienza ecologica ci impedisce di lavarli come meritano. Lo strofinaccio si imbeve di sporcizia durante la sua breve permanenza in cucina, e il lavaggio a 40 schifosissimi gradi o anche a 60 miserabili gradi con detersivo biologico carissimo comprato in farmacia si limita a far impallidire la sporcizia, senza eliminare le macchie. Il vecchio si somma al nuovo, il marrone sbiadisce nel giallo, e anche aggiungendo al lavaggio a 60 gradi una bicchierata di candeggina, lo strofinaccio non ce la fa. Neanche la tovaglia ce la fa. Le macchie restano, lavaggio dopo lavaggio. Guardo la mia bella tovaglia a rose, o quella col glicine blu, guardo gli strofinacci di lino con le macchie del tempo incanaglite tra ordito e trama, e mi chiedo quando troverò finalmente il coraggio di farlo. Di fare una lavatrice a 90 gradi. Ogni tanto ci provo. Sono sola nel bagno di servizio. Nessuno mi vede, Greta Thunberg non lo saprà mai. La situazione complessiva del pianeta è così disastrosa che non sarà certo questa mia trasgressione a darle la mazzata finale. È come un raffreddore per un malato di peste, neanche se ne accorge. Quindi sí. Lo posso fare. Sto per premere il bottone START ma... niente. Non riesco. Sento l'oppressione al petto. Mi chiedo come diavolo fanno gli assassini ad ammazzare la gente se già solo una lavatrice a 90 gradi è un tale stress. Rinuncio al gesto, ma non al progetto. Un giorno comprerò un detersivo per nulla ecologico, se ancora esisteranno: di quelli che promettono un bianco fosforescente e livido da fantascienza. Di quelli che se ne strasbattono delle tartarughe e dei delfini, perché la loro missione nella vita è pulire. Comprerò questo detersivo nocivo, ne verserò una bella mestolata nella lavatrice piena zeppa di strofinacci e tovaglie, aggiungerò per buona misura un bicchiere da birra di candeggina e poi la farò partire a 90 gradi. Sí! Se i terroristi possono far saltare in aria intere città, in fondo senza un motivo particolare, non posso io fare un bucato inquinante una volta nella vita, per avere finalmente gli strofinacci puliti? Se la mia forma di delinquenza è questa, prima o poi dovrò esprimerla, e dopo allungherò i polsi verso le manette.

7. Il raduno degli APB

Cammino veloce, il mattino dopo, tirandomi dietro il carrellino della spesa. Credo di essere l'unica donna sotto i settanta a girare col carrellino. A me piace. È comodo, non mi importa se fa anziana. Tanto si vede, che non sono anziana: ho ancora tutti i capelli del mio biondo cenere naturale, oggi ravvivati da una ciocca indaco. Sono magra, porto degli anfibi neri e una giacca di pelle rosso fuoco. Cioè, si vede proprio che non sono anziana, da una certa distanza sembro addirittura giovane. E poi il mio carrellino non è smorto come i suoi colleghi, è di un bellissimo azzurro cielo che grida al vento la sua allegria. Vado al supermercato di quartiere, per la spesa media, non cosí piccola che basti la borsina di tela ripiegata che porto sempre con me, non cosí grande da aver bisogno della macchina. E mentre cammino veloce, rifletto su come rintracciare Noemi. Ci penso in forma di scheda, perché non sono una da pensieri caotici e creativi, il mio è un cervello a righe, e coi margini.

COME CERCARE NOEMI
Social: niente, non c'è.
Google: non c'è.
Pagine Bianche online: non c'è.
E se ci fosse, ma col cognome del marito?
Può darsi, ma io come faccio a scoprire il cognome del marito?
E se fosse morta?

Perché la gente muore, purtroppo. Non posso escluderlo. Non è probabile, ma è possibile. Se è morta, non potrò rivederla mai piú, e non potrò raccontarle che adesso sono una casalinga.

Ma no, dài. Non è morta. È sposata.

Però mi scoccia un po' questa alternativa: o è morta o è sposata. Ci sono altre possibilità, nella vita di una donna. Potrebbe essersi trasferita in Corea del Sud, e abitare in un film coreano. Potrebbe essere diventata un membro attivo della 'ndrangheta, logico quindi che non sia facilmente rintracciabile. Non importa, Noemi, le dico mentre entro al supermercato, anche se sei diventata un membro attivo della 'ndrangheta, io voglio trovarti lo stesso. Ma come? Ho già provato a rintracciare due nostre compagne delle elementari con cui facevamo abbastanza comunella, e una che veniva alle medie con te (la tua nuova migliore amica, grrr) che qualche volta avevo incontrato a feste di compleanno o davanti a Copa Rica, la gelateria dove andavamo da ragazzine. È stato facile, sono tutte e tre su Facebook con i loro nomi, tutte e tre si ricordavano di te e le due delle elementari anche di me. Mi sono fatta dare i numeri di telefono e le ho chiamate, perché non avevo voglia di gestire questa ricerca in chat. Volevo che intervenisse il pathos della voce umana. Due su tre non mi sono state di nessuna utilità. Alice, invece, ha piantato un semino nel fertile humus del mio cervello.

DIALOGO TRA ME E ALICE

L. Alice? Alice Lampugnini? Ciao, scusa se ti disturbo, sono Lilli Tempesti... eravamo alle elementari insieme... certo non ti ricorderai di me ma...
A. Lilli Tempesti? Aspetta... avevi Fiammiferino, vero?
L. Sí! Fiammiferino! Certo! E una volta...
A. La maestra te l'ha sequestrato e i gemelli Sardi per consolarti ti hanno regalato il loro Skifidol.
L. Caspita! Come fai a ricordartene?

A. Me ne ricordo perché lo Skifidol dei gemelli Sardi era mio. Me lo avevano preso.
L. Ah. Mi spiace.
A. Non importa. È passato molto tempo. Ciao, Lilli.
L. Ciao, Alice. Senti, scusa se ti disturbo, ma sto cercando di rintracciare Noemi Pontini. Te la ricordi? Era in classe con noi. Piccolina, con l'apparecchio...
A. Sí... Noemi, giocavamo insieme, no? Tu, lei, io e... aspetta... Giuliana Bracco...
L. Esatto. Giuliana l'ho sentita ma non ne sa nulla.
A. Quindi è sempre intronata come alle elementari?

Piombiamo in una breve digressione su Giuliana. Risulta evidente da questa conversazione che Alice alle undici di mattina non è in un ufficio a opprimersi di lavoro. Finita la digressione, torno al tema: puoi aiutarmi a ritrovare Noemi?

L. ...perché non è su Facebook e neanche su Instagram e tutto il resto, e neppure su Google ho trovato niente...
A. No, mi spiace... alle medie eravamo nella stessa scuola ma in classi diverse.
L. Quindi nulla? Non ti ricordi niente che possa aiutarmi? Io mi ricordo che andava in vacanza a Borghetto Santo Spirito. Ma non so se serve.
A. Io mi ricordo che sua madre una volta ha fatto una torta a sette strati tutti di colori diversi e che suo padre era geometra e a casa sua c'erano dei bellissimi modellini di villette in cartongesso.
L. Non credo. Sarà stato cartoncino. Il cartongesso è... cioè... pesa!

E soltanto adesso, mentre entro al supermercato e ripenso alla conversazione con Alice, mi rendo conto che mi ha dato un formidabile aiuto. Il particolare che mi permetterà di ritrovare Noemi.
Appena torno a casa parto con la ricerca, penso, met-

tendomi in coda davanti al banco del macellaio. La signora che stanno servendo appartiene alla categoria «ripensamento», ovvero quelle detestabili creature che quando hanno già comprato metà della fauna terrestre e Rino il macellaio sta chiudendo il conto si ricordano ancora di un pezzo di salsiccia e poi se per favore mi dà anche un chilo di macinato, però non di quello pronto, me lo fa lei?

Quando finalmente riesco a comprare due rustichelle e mezzo chilo di spezzatino di bovino adulto, passo veloce all'ortofrutta e prendo le ultime pesche, le prime mele, zucchine e melanzane. Poi mi fermo davanti alla parete con sughi e preparati in scatola e cerco la pizza Barilla. La familiare scatola blu. Non c'è. C'è la Catarí, piú un altro preparato che si vanta di essere senza glutine, ma niente pizza Barilla. Strano, è la seconda volta che non la trovo. Accanto a me, davanti agli sportelli dei latticini, una commessa spacchetta yogurt. Va bene Noemi, ma almeno la pizza Barilla la voglio, e subito.

– Scusi... come mai non c'è la pizza Barilla?
– Eh... – la ragazza alza la testa, con aria colpevole. – Non so... è un po' che non arriva.

Alla mie spalle, un signore di età molto avanzata, con uno di quegli incredibili giubbottini di tela beige che soltanto loro portano, mi dà inaspettatamente manforte:

– Anche io la cercavo, sa? Ho già chiesto la settimana scorsa.

Una giovane mamma con un bimbo nel marsupio si ferma accanto a noi.

– Anche voi chiedete della pizza Barilla? Non si trova piú.

La commessa fila via tipo lepre nel bosco borbottando «Chiedo alla responsabile», e in attesa del suo ritorno noi tre, che definirei gli Amici della Pizza Barilla, gli APB, ci confidiamo aspettative e rimpianti.

– È un peccato, – dice il vecchietto. – Io e mia moglie ce la facciamo sempre il sabato sera. Viene cosí croccante!

– Anche a mio figlio piace tanto, – dice la mamma. – Ci metto pure il prosciutto e se ne mangia certe fettone!

Caspita. Cioè, questo bambino avrà tre mesi al massimo. Lei segue il mio sguardo.

– Lei è una femmina, si chiama Diletta. Dico suo fratello, c'ha quattro anni.

– Ah! – Mi vergogno di non aver individuato la femminilità di Diletta e torno in fretta all'argomento pizza: – E poi era comoda, perché non dovevi fare tutta quella storia di aggiungere il lievito e lasciarla riposare due ore... era subito pronta.

Mi accorgo che ne parlo al passato, come se fosse persa per sempre, e infatti la commessa torna con aria compunta e ci conferma la brutta notizia.

– Non arriva piú. L'hanno ritirata.

Aiuto! Noi, gli APB, ci guardiamo inorriditi. Se hanno ritirato un prodotto di tale planetario successo può essere solo perché era pericoloso, dannoso e potenzialmente mortale. E io ne ho dati chilometri a Iris! Anche la mamma di Diletta inorridisce, mentre il vecchietto alza le spalle:

– Avrà avuto il cemento, – commenta rassegnato.

– Eh sí! Al posto della farina! – rincara la mamma.

Nooo! Devo difendere la pizza Barilla.

– Ma no, dài. Forse l'hanno ritirata perché tutti ormai comprano le pizze surgelate.

La commessa ricomincia a farsi gli affari suoi e noi indugiamo... Sappiamo che è arrivato il momento di separarci, come tre supereroi al termine di una missione (fallita), ma siamo un po' imbarazzati.

– Beh, allora... – dico io.

– Arrivederci –. L'anziano, avendo meno vita davanti, tende a economizzare il tempo, e prende il numerino del reparto gastronomia. La mamma di Diletta mi sorride, e io le dico: – Guardi, ora cerco su Internet, casomai le faccio sapere. Cioè. Se ci incontriamo ancora.

Lei annuisce, e punta decisa ai pannolini.

– Va bene, grazie, arrivederci.

Non c'è niente come una falsa promessa, per lasciarsi da amici.

Resto sola davanti alla parete di preparati in scatola. Per fortuna, il purè pronto Pfanni è lí, sempre uguale, nella sua modesta scatola marroncina. Ne prendo una e le sussurro: «A te guai se ti ritirano, eh?» Perché certe sere di domenica la minestrina con le stelline non basta. Se fuori nevica, se il ritorno dalla gita è stato stressato dalle code, se abbiamo guardato le foto di quando eravamo piccoli, allora ci vuole il purè, e se non è fatto bene con le patate il purè può essere solo Pfanni, perché gli altri, tutti gli altri, a me fanno i grumi. In caso di estrema necessità mi adatto anche a un budino che non sia Elah, o a una miscela per torte che non sia la 9 Torte Cameo, ma la pizza è solo Barilla, e il purè è solo Pfanni. Mentre sono in coda alla cassa, mi chiedo se l'azienda Pfanni viva di solo purè. Esistono altri prodotti Pfanni? Stasera cerco su Google.

Stasera, però, mentre aspetto che arrivi Francesco, ho qualcosa di piú urgente da cercare online.

Grazie ad Alice, mi sono ricordata che il papà di Noemi era geometra, e di sicuro tale qualifica compare nelle sue credenziali telefoniche. Un geometra di solito ci tiene a essere tale, e non si farebbe mai segnare nell'elenco come Sig. Pontini. Clicco su Pagine Bianche e guardo se nella nostra città c'è un Pontini Geom. Qualcosa, perché purtroppo il nome di babbo Pontini non me lo ricordo. Di pomeriggio, quando andavo a giocare da Noemi, non c'era mai, e quando veniva lui a prendere la figlia a casa nostra nessuno lo chiamava per nome. Perché sia i miei genitori che quelli di Noemi erano intensamente local, e nella nostra città i local delle precedenti generazioni erano capaci di frequentarsi per vent'anni dandosi sempre del lei.

Ed eccolo! Pontini Geom. Arnaldo, via Rocciamelone 12. Sí, certo, Arnaldo! Ora ricordo, distante e querula, la voce di Clelia Pontini che belava immancabilmente «Oh! Arnaldo! Sei qui?» quando ero a cena da loro e si sentiva la porta dell'ingresso aprirsi. E mai, mai, neanche una volta, che il geometra Arnaldo le abbia risposto: «No, Clelia, tesoro, luce della mia vita, sono all'Overlook Hotel!»

Geometra Arnaldo, luce della mia vita, adesso ti chiamo. E poi mi dedicherò ai misteriosi prodotti Pfanni.

LA DISPENSA

Se c'è una cosa che vorrei che tu sapessi fare meglio di me, cara figlia, è organizzare la dispensa. E dopo averla organizzata, mantenerla in ordine. Io, purtroppo, non ce l'ho fatta. Ormai ho una certa età, e non credo di poter migliorare molto. Forse dopo gli ottanta, quando la mia vita si sarà ristretta, e potrò dedicare un bel po' di tempo ad allineare le scatole.

La dispensa, tanto per chiarire proprio le basi del discorso, è quel grande armadio barocco verde che c'è nella nostra cucina, dove ammasso le provviste non deperibili. Quelle deperibili stanno in frigo, ma del frigo parleremo un'altra volta. Nella dispensa tenevo la cara pizza Barilla, quando ancora c'era, e il purè Pfanni, il budino Elah, la miscela 9 Torte Cameo. La pasta: una base di spaghetti, tortiglioni, fusilli, e poi ognuno ha le sue preferite: ruote per te, tagliolini per me, paccheri per papà. E le pastine: stelline, ditalini, farfalline. Le paste stanno tutte insieme, tutte vicine, le paste sono facili da organizzare, soprattutto finché il pacco è chiuso. Quando il pacco è aperto, di solito la pasta sfugge. Purtroppo sono poche le ditte che hanno la lungimiranza d'impacchettare la loro pasta in scatole di cartone. La maggior parte utilizza involucri di plastichina che non stanno dritti e fermi nella dispensa, s'inclinano e la pasta esce. Gli spaghetti sono un caso a parte, perché con loro non basta neanche la scatola. Scivolano fuori. Nella nostra dispensa, lo avrai notato in questi anni, ci sono spaghetti infilati dappertutto. Con la pasta corta basta chiudere il pacco con quei graziosi fermagli dell'Ikea, hai presente? Solo che non sempre lo faccio. Devo già usarli per chiudere il pacco dei piselli e dei fagiolini in freezer. Per gli spaghetti al momento non so che altra soluzione proporti se non tenere il pacco aperto verticale, ma se riuscirò a rintracciare Noemi chiederò a lei, e lei di sicuro saprà indicarci la via. Sullo stesso ripiano della pasta puoi mettere i barattoli di pelati, passata e sughi pronti. Se c'è ancora spazio, puoi infilarci anche il riso: bianco, basmati, nero, risotti pronti, cuscus pronto.

Questo è il ripiano centrale. Su quello sopra riponi con ordine e geometria zucchero, farina, latte lungo (a lunga conservazione, cioè) e scatole di preparati: purè, pizza (se tornerà la Barilla), miscela 9 Torte, budini... sono robe che stanno bene vicine, cosí come stanno bene vicini legumi, tonno, acciughe in salsa piccante.

Altre cose da dispensa: lievito vanigliato, besciamella nel tetrapak, caffè, tè, camomilla, tisane del dopo pasto, della sera, biscotti normali.

I biscotti speciali io li metto, come ben sai, su nel ripiano alto, insieme a scorte ulteriori di caffè, tè, pelati, fette biscottate. Stanno lassú insieme alla torta Sacher del discount, buonissima, per essere recuperati se passa zia Ludo o una mia amica o la nonna, o comunque qualcuno a cui non basta rifilare i Pan di Stelle.

Quando avrai organizzato bene la dispensa, e in uno slancio di accuratezza avrai pure appiccicato la cartina acchiappa camole, guardala bene e fotografala col cellulare, perché durerà pochissimo: non so perché, Iris, non l'ho mai

capito, ma ogni volta che prendo qualcosa nella dispensa poi lo rimetto a casaccio, e in pochi giorni l'ordine è deflagrato. E penso che a te succederà lo stesso, a meno che tu abbia ereditato parecchia genetica da tua zia Ludovica (la sua dispensa spezza il cuore tanto è sempre immutabilmente identica a se stessa).
Ma con questo trucco della foto stai a posto: ti basterà guardarla, e in cinque minuti rimetti tutto com'era. Avevo anche pensato di creare un'opera d'arte composta da foto successive della mia dispensa attraverso gli anni, ma purtroppo non l'ho fatto, e cosí neanche quest'anno parteciperò ad Artissima.

8. Tre figli africani

– Cioè, non sa dov'è sua figlia, ti tendi conto?
Francesco guarda diffidente ciò che gli metto nel piatto.
– È il purè delle scatole?
– Certo! – replico altezzosa. Mai, mai assumere l'aria colpevole quando ti scoprono.
– Scusa... – Puntini di falsa esitazione. Francesco sta per dire qualcosa di offensivo. Arriva... arriva... – Adesso che sei a casa, magari potresti farlo tu, il purè...
– No, – gli rispondo con fermezza. – Sarebbe scortese nei confronti dei Pfanni.
– Dei chi?
– I Pfanni. La famiglia Pfanni, persone tedesche che fabbricano solo fiocchi di patate. Li ho cercati su internet, si dedicano esclusivamente ai fiocchi di patate. Non producono nient'altro.
– E noi dobbiamo mangiare per forza i loro fiocchi di patate? Non sarebbe meglio un bel purè vero?
Gli rispondo? No, altrimenti si apre la voragine. Scrollo le spalle, a indicare che la nozione di «vero» è soggettiva, e riprendo l'argomento precedente posandogli davanti quattro fette di Bon Roll con contorno di purè finto. Si accontenti.
– A me sembra assurdo, dài! È suo padre, e non era stordito o roba del genere. Eppure, quando gli ho chiesto se mi dava il telefono di Noemi o il suo indirizzo, mi ha detto che non poteva perché Noemi non ha il telefono e neanche un indirizzo, e poi ha attaccato. Sembrava il padre di Messer Denaro o come si chiama.

– L'hai detto anche tu, no? Forse si è data alla delinquenza. Hai smesso di vederla che aveva quindici anni. Può essere diventata qualsiasi cosa.

– Però almeno so che è viva. Invece la povera Clelia...
– Defunta?
– Defunta. Cavoli, mi spiace. Senza di lei, non avrei imparato il punto croce.
– Hai mai fatto un ricamo a punto croce in vita tua?

Lo guardo indignata: – Ma come! E la I di Iris incorniciata? Appesa in camera sua da ventun anni? Secondo te chi l'ha fatta?

– I di Iris?

Sento una piccola fitta al cuore, quelle che ti tagliano come il coperchio della scatoletta di tonno. La I di Iris a punto croce, retta da un angioletto e circondata dai fiori omonimi. L'ha dimenticata. Ha dimenticato le sere che passavo a ricamarla alla fine del secolo scorso, mentre lui giocava a Risiko con i suoi amici. Ognuna delle centinaia di migliaia di volte che in ventun anni è entrato in camera di nostra figlia non l'ha vista, appesa sopra il suo letto. Niente. Non esiste.

Sospiro, prendo il telecomando e accendo la tele. Pazienza, dài.

Dopo cinque minuti, suona il telefono. È Cecilia.

«Ehi. Aspetta che mi sposto».

Lascio Francesco in compagnia di un film assurdo di molti anni fa, in cui dei tizi vogliono attraversare la foresta amazzonica in nave o qualcosa del genere, e sgattaiolo in soggiorno, dove noto, en passant, un paio di ragnatele appese all'angolo della libreria. Okay, domani faccio i bagni e il salotto.

«Cecilia? Eccomi».

«Ho conosciuto uno».

Cecilia di solito va dritta al punto, non è che chiede come stai, e Francesco, e hai poi visto quel film, bla bla.

«Di che genere?» Che significa, e lei lo sa, libero o sposato?

«Libero. Divorziato».

«Cos'ha di strano?»

È la seconda domanda fissa, perché gli innamorati di Cecilia non sono mai, tipo, il veterinario del suo cane, un collega di ufficio di sua cugina, un commercialista conosciuto in palestra. Hanno sempre almeno una caratteristica che li rende partner impegnativi. In questi anni l'ho vista accompagnarsi, solo per citare i piú recenti, a un cocainomane, a un crudista, a un avventista del settimo giorno e a un regista di film porno. Senza contare l'attuale Pucci, quello che vive con la mamma.

«Te lo dico dopo. Prima ti dico che si chiama Angelo, ha quarantaquattro anni, fa il viticoltore nelle Langhe, è molto molto figo e legge Shakespeare. Ah, e mi ama».

«Da quanto vi conoscete?»

«Una settimana. Ma prima di dirtelo volevo essere sicura».

Questa è Cecilia, in tutta la sua essenza. Si conoscono da una settimana ma lei è sicura, e lui la ama. Come no.

Mi racconta che si sono incontrati a Verona Vini, una manifestazione di cui la sua capa Isabella Valdieri è regina e domina mistress. Lui presentava un suo vino, ma non saprei quale perché non sto mai ad ascoltare Cecilia quando entra nei dettagli dei suoi fidanzati. È cosí che ho evitato di imparare un sacco di cose sui modi piú diffusi di tagliare la coca, sulla crudeltà di chi cuoce i piselli, sull'assenza in noi dell'anima immortale, sui trucchi per minimizzare la cellulite nelle scene di orgia. Questa volta, mi pare di capire, non imparerò niente sull'arte di barricare.

«Bello, tenendo conto che tu non bevi vino. Ma passiamo al punto interessante. Che cos'ha di strano?»

«Tre figli africani».

Ecco. Do un'occhiata in cucina. Francesco sbuccia una mela e osserva affascinato un tizio tedesco di una certa età che urla ad alcuni indios. Tutti insieme, trascinano una nave fra gli eucalipti. Non ha bisogno di me, per il momento.

«Dimmi tutto, dài».

«Niente, da principio lui non me l'ha detto, abbiamo passato una bellissima serata insieme, la fede non ce l'aveva...»

«E se l'aveva tolta?»

«Uffa! Non aveva la fede e non mi ha parlato né di moglie né di figli, mica potevo fargli domande, cioè, ci eravamo appena conosciuti, ci stavamo baciando tra due botti...»

«Alla fiera? Vi siete baciati direttamente lí?»

«Sí sí, è stato un incontro di quelli che dopo mezz'ora già ti baci, hai presente?»

«Ah ah, che ridere».

«Sei ancora in tempo. Comunque, è stata una notte cosí esplosiva che il mattino dopo ho mandato un messaggio a Pucci per liquidarlo. Non mi ha neanche risposto».

«Forse l'ha intercettato sua madre. Anzi, scusa, hai mai pensato che Pucci potrebbe *essere* sua madre? Sai, tipo Norman Bates...»

«Lilli, per favore, non mettere di mezzo Norman Bates. Insomma ci salutiamo, ci scambiamo il telefono, io dovevo andare al Cimento delle Grappe Mascherate con la Valdieri, lo staff, Tony Hadley...»

«Grappe Mascherate? Tony Had... quel Tony Hadley?»

«Sí, senti non ho tutta la sera, ti spiego un'altra volta. Quindi insomma ci salutiamo e poi nei giorni dopo ci sentiamo e lui dice che mi pensa da impazzire, e io lo penso da impazzire, e lui vive tra le colline delle Langhe e io sono sempre in giro ma per fortuna ho una cugina a Bra... Lori, te la ricordi? Pensa che segno del destino!»

«Non avrei mai considerato avere una cugina a Bra come un segno del destino».

«Beh, in questo caso lo è eccome... e insomma combiniamo che passavo il sabato da Lori e poi domenica andavo a trovarlo a La Morra. Hai presente?»

«Piú o meno. Ha un belvedere sensazionale».

«Bravissima. Angelo abita in una cascina favolosa con la cantina annessa, e i vigneti e chi piú ne ha. Ti giuro, non ci stavo piú dentro dalla voglia di rivederlo. E quando arrivo lí, che meno male esiste Google Maps se no mai ti giuro mai, scendo dalla macchina ed eccolo che mi viene incontro e ha in braccio...»

– LILLI! ANCORA AL TELEFONO STAI!

Francesco odia che io stia al telefono. Vuole che guardi la tele con lui, e io, che sono mite, di solito lo accontento.

Ma non stasera. Devo assolutamente sapere chi aveva in braccio il tipo di Cecilia.

«Ceci. Fammi un riassunto velocissimo che Francesco rompe. Poi quando ci vediamo mi racconti bene. Sabato vieni?»

Cecilia sta tutta la settimana tra Milano e il mondo ma il sabato e la domenica, se non ci sono eventi alcolici, torna qui, dove ha una mansarda accessoriata che considera la sua vera casa.

«No, devo andare alla Festa dell'Acquavite a Pontremoli. Niente, Angelo aveva in braccio un bambino sui due anni, o uno, non so, non me ne intendo, comunque piccolo, e per mano una bambina un po' piú grande, e accanto, dall'altra parte, un altro maschietto tipo di cinque o sei. Tre figli, Lilli! Tre!»

«Africani, hai detto?»

«Altroché».

«E lui? È africano?»

«Zero. È di La Morra».

«Sarà africana la moglie... e comunque è sposato, allora».

«Ma no! È divorziato. La storia in breve è questa: lui e sua moglie hanno adottato questi tre fratellini, e dopo sei mesi che erano arrivati lei ha detto: sorry ma non è roba per me, non ce la faccio, addio. E l'ha mollato! L'ha mollato coi bambini e se n'è andata! Adesso fa l'olio in Umbria!»

Cinque minuti dopo torno da Francesco che mi aspettava per bere il caffè.
– Scusa, ma Cecilia ha un nuovo fidanzato e voleva raccontarmi.
– Mrrr.
Se fa mrrr vuol dire che ormai è molto preso dal film, e che io ci sia o no è lo stesso. Intravedo Claudia Cardinale e lo stesso tipo tedesco di prima, con denti vistosi. Prendo la caffettiera e penso a Cecilia, e alla sua storia col multipadre. L'idea che è emersa dalla telefonata è di darsela a gambe senza voltarsi, e dimenticarlo in fretta. Se c'è una cosa nella vita che a Cecilia non interessa sono i bambini. Figurati tre in un botto. Piccolissimi, spaventati, adottati, abbandonati, incasinati, ma dài. Non è roba per lei. E infatti stasera stessa gli scriverà un messaggio di addio.
«Peccato, però, – mi ha detto, – perché è veramente figo e mi piace un casino, in piú mi fa tenerezza, guardalo lí, a doversi occupare da solo di tre bambini».
«Non ce l'ha una baby sitter?»
«Ha una sorella che vive con loro. Nubile. L'ho conosciuta. Volonterosa, ma un po' arida. Insegna qualcosa di scientifico all'università. Microbosità della Vigna?»
«Ma la madre? Non li tiene mai?»
«Mai. È in analisi, e il terapeuta le ha detto che deve amare di piú se stessa e meno gli altri. Figli compresi. E quindi».
«E non poteva andarci prima di adottarli, in analisi?»
«Ci andava, mi ha detto Angelo. Ma da un altro analista che le diceva che aveva troppo amore da dare, e che il suo cuore aspettava dei figli».
Mentre verso il caffè, e anche dopo, mentre carico la lavastoviglie e nel film cantano l'opera nella foresta, penso alla moglie di questo Angelo, che se ne sta a fare l'olio in Umbria per amare se stessa invece che i suoi tre bambini, e decido che, se ci riesce, vuol dire che il suo terapeuta, l'ultimo intendo, è davvero bravo.

– Molto meglio del primo che non ha capito una mazza, – dico a Francesco, che neanche mi sente perché la sua risposta è: – Dev'essere stato meraviglioso girare in Amazzonia. Ci hanno messo due anni a fare questo film.

Alzo le spalle, l'Amazzonia fa parte delle cose che non mi interessano. Cioè, le auguro ogni bene, e che non la incendino piú, e che la foresta possa addirittura espandersi, ma è uno degli ultimi dieci posti al mondo che vorrei visitare.

– Ti ho già messo lo zucchero –. È una bella frase per concludere il nostro non-dialogo.

Piú tardi, a letto, mi chiedo quale può essere la prossima mossa per ritrovare Noemi. Ah, se anch'io, come Miss Marple, avessi un nipote o un conoscente nella polizia! Ma non ce l'ho, e non mi resta che ricorrere di nuovo ad Alice Lampugnini. Questa volta, però, le proporrò di vederci.

LA LAVASTOVIGLIE

Quando hanno inventato la lavastoviglie, hanno preso la faccenda troppo alla lettera. Lava stoviglie, intese come piatti, posate, bicchieri, tazze. E le pentole, testoline di fango pressato? Non parlo a te, Josephine Cochrane, benefattrice non abbastanza celebrata, tu che nel 1886 hai escogitato un sistema meccanico di pompette per spruzzare acqua sui piatti. Parlo ai moderni costruttori di macchine meravigliose che però non prevedono l'uso, nella cucina contemporanea, di pentole.
Facci caso, Iris. Cestello di sopra, bicchieri, tazze, piattini... cestello di sotto, piatti, posate, piccoli vassoi, al limite padellini. Quante volte, cara figlia, mi hai vista combattere per incastrare da qualche parte la pentola a pressione o una grande padella in cui avevo cotto sedici ali di pollo? Perché nelle lavastoviglie non c'è uno spazio appositamente destinato alle pentole? Cosí anche tu, come me e come una lunga fila di persone irritate dal nord al sud d'Italia isole comprese, se utilizzi una pentola di dimensioni familiari, devi compiere l'antica sequenza di gesti: stendere un asciugamano da qualche parte, lavarla a mano con sapone ecologico, sciacquarla e metterla ad asciugare in compagnia di vassoi e altri esseri emarginati dalla lavapiatti. E pensare che basterebbe poco: nel piano di sotto, fate metà spazio con la rastrelliera per i piatti e metà senza niente. Lí, grate e felici, noi casalinghe appoggeremo le pentole!
Ma il vero problema, con la lavastoviglie, è un altro. Che però merita una scheda a parte. Per adesso, mi fermo qui.

AGGIORNAMENTO LAVASTOVIGLIE

Ieri mi lamentavo della lavastoviglie con Rossella, e lei mi ha detto che esistono dei modelli con le griglie inferiori che si abbassano. Bah. Sarà. Io ho avuto almeno quattro diverse lavastoviglie negli anni, e griglie che si abbassano non ne ho mai viste. Credo sia una leggenda metropolitana.

9. McBacon e sofferenza

L'ho fatto. Ho scritto ai Barilla per avere notizie della pizza. Sono andata sul loro sito, e aggirandomi un po' ho trovato il simbolo di una busta da lettere e la scritta: CLICCA QUI PER SCRIVERCI. Ho cliccato lí e ho scritto: «Gentili signori, sono da sempre una fedele consumatrice della pizza Barilla, ma da qualche tempo non la trovo piú in vendita. Come mai? Potete darmi una spiegazione? Grazie mille, Lilli Tempesti». Subito nella mia mail è arrivata una risposta che diceva: «Grazie di averci contattato, entro due tre giorni lavorativi le risponderemo». E stamattina... voilà!

Siamo spiacenti d'informarla che il prodotto oggetto della sua richiesta attualmente non è piú in produzione. La nostra azienda, nel tentativo di soddisfare al meglio le esigenze dei consumatori, ha di recente effettuato alcuni cambiamenti a livello produttivo, con l'introduzione di prodotti nuovi e la conseguente eliminazione di altri, risultati di minore o scarso gradimento. Con la speranza che lei possa comunque continuare ad apprezzare l'alta qualità dei nostri prodotti, le porgiamo cordiali saluti.

Quanto ritieni che la risposta abbia soddisfatto la tua richiesta?

Poco, ha soddisfatto la mia richiesta. Non ci credo che la pizza Barilla era di minore o scarso gradimento. Era buonissima, deliziosa, e i consumatori lo sapevano benissimo. E poi vorrei proprio sapere quali sarebbero questi prodotti nuovi che hanno defenestrato la pizza. Ad ogni modo questo è quanto, si capisce dal tono della lettera che non torneranno sui loro passi. Sono gentili ma fermi. Dovrò trovare una pizza sostitutiva. Ma quale? Quale?

Chiudo la mail e mi preparo. Ho appuntamento per pranzo con Alice, da McDonald's, quello in piazza Castello. È forse il McDonald's piú brutto del mondo, riesce a sembrare la tavola calda triste di una stazione di provincia invece che il cuore pulsante della fame giovanile in un capoluogo. Lo ha proposto lei e io ho accettato di corsa, perché è un pezzo che non mi mangio un bel McBacon con tanta pancetta croccante e patatine medie. Appena la vedo, ferma davanti all'ingresso, la riconosco. È cambiata pochissimo da quando facevamo le elementari. Altro che *Revenge*: se un'altra cercasse di farsi passare per Alice Lampugnini, me ne accorgerei immediatamente. Ha lo stesso taglio di capelli, biondi, a carrè. Gli occhiali. Il naso a punta. Una giacca blu, molto simile a quella che le ho visto addosso ogni primavera e ogni autunno, un po' piú grande di anno in anno, ma stessa marca e stesso colore. D'inverno un loden grigio. D'estate vestitini a quadretti. Alice Lampugnini, sempre almeno sei e mezzo, mai piú di otto. Amica di tutte, migliore amica di nessuna. È cosí simile a se stessa che se da quello zainetto blu tirasse fuori un Fiammiferino non mi meraviglierei per niente.

– Ciao! – dice lei.

– Ciao! – dico io.

Entriamo e ordiniamo, io il mio McBacon Menu, lei un'insalata con pollo alla griglia e basta. Sono un po' stupita. Di solito, non è la persona che ha proposto McDonald's a ordinare la Caesar col pollo alla griglia. È la persona che accetta di malavoglia il McDonald's ma le fa schifo.

– Non vorrei averti imposto la mia scelta, – inizia subito lei, in tono guardingo.

– Per che cosa?

– Per il McDonald's. Magari ti fa schifo.

– Ma va'! Mi piace un sacco. Ma non ci vado mai per-

ché è junk food e tutto il resto. Però se capita che me lo proponga qualcuno faccio i salti di gioia.
– Ah… bene allora. Io ci vengo per la dieta.
– Cioè? – Non avrei considerato McDonald's la prima scelta per chi è a dieta.
– Consumo calorie soffrendo. Me l'ha detto la mia dietologa. Se mangio cibo sano desiderando con tutta me stessa roba fritta e unta, perdo piú peso.
La guardo inforchettare la sua triste lattuga e i pezzetti di pollo, neanche ci mette la salsina, evita i crostini. Ma dài!
– E perciò grazie che hai preso il McBacon. È il mio preferito. Guardarti mangiarlo è ottimo. Patisco, patisco tanto.
– Alice. Tu sei magra. Perché stai a dieta?
– Sono magra perché sto a dieta. Lasciata a me stessa sono cicciotta. Guarda. Ero cosí prima di cominciare.
Tira fuori il telefono e mi fa vedere una foto di lei uguale. Stessa giacca, stessi mocassini. Forse leggerissimamente piú tonda, ma ci vorrebbe il var per esserne sicuri.
– Sei uguale!
– No. Guarda bene. Qui sotto ci sono rotoli di pancia –. Indica il centro della foto, dove la giacca blu si gonfia appena.
Oh signore. Alice Lampugnini è pazza, non potrà di certo aiutarmi a trovare Noemi. Comunque le agito sotto il naso il McBacon e ne stacco un boccone da orco. Lei ne inspira l'odore e sorride.
– Sono contenta di esserti utile. Senti, Alice, ti è venuto in mente qualcos'altro che possa aiutarmi a rintracciare Noemi?
Le racconto della strana telefonata col padre, e lei annuisce, pensierosa. Poi prende il cellulare e inizia a smanettare velocissima. Non sembra piú una bambina delle elementari, sembra una hacker psicopatica in un film di supereroi.
– Ehi, ma tu che lavoro fai? – le chiedo, e mi aspetto una risposta tipo «Programmatrice di software».
– Programmatrice di software.

– E... figli? Roba cosí?

– Quattro. Due maschi e due femmine.

Sto per chiederle dell'altro, un po' colpita dal fatto che un essere tanto appuntito abbia scodellato tutti quei bambini, ma lei mi interrompe, trionfante:

– Ecco qui! – E mi mostra una schermata: – Sonia Lavezzi. Era compagna di classe di Noemi alle medie e pure alle superiori. Sua figlia è stata per sei mesi la ragazza del mio secondo. Lei di sicuro ne sa piú di noi, su Noemi.

Per ricompensarla, sgranocchio tre patatine in una volta sotto il suo naso.

– Puoi sentirla? Cioè, potrei farlo io, ma tu la conosci, è meglio.

– Senz'altro. Sono felice di aiutarti in questa indagine. Ho un sacco di tempo libero.

Annuisco. Non mi metto a fare domande su quanto ci vuole a programmare un software, perché poi lei mi risponde, io non capisco quello che dice e ci innervosiamo tutte e due.

Aspetto che Alice mi chieda che lavoro faccio, se ho figli eccetera, ma niente. Non è curiosa. Si limita a guardarmi mangiare. Allora decido d'informarla spontaneamente.

– Io non lavoro, faccio la casalinga. Ho una figlia sola, che studia a Venezia.

Vorrei aggiungere «E non sto a dieta», ma mi sembra di esagerare.

– Non hai mai lavorato?

– Sí, ero capo del personale in una azienda tessile, poi mia zia mi ha lasciato in eredità una casa che affitto, e ho smesso.

– E non ti annoi?

– No. Mi occupo della casa.

Leggo nello sguardo di Alice un pensiero speculare al mio di prima: io non voglio sentir parlare di programmazione di software, lei non vuole sentir parlare di cure della casa. Ottimo.

E infatti sorride in un modo inequivocabile, quel sorriso che indica la fine di una conversazione. E dice:
– Allora ti aiuterò a trovare Noemi, ok? Comincerò da Sonia.
Si alza, in tutta la sua minutezza appuntita, mi guarda intensamente mangiare l'ultimo boccone di McBacon e ci salutiamo. Sono sicura che ha perso almeno tre etti.

Tornando a casa, mi fermo davanti a un negozio IperSoap, una catena votata ai detersivi per la casa e per la persona. Ci sono entrata pochissime volte in vita mia, ma adesso che sbrigo le faccende, IperSoap dovrebbe diventare un punto di riferimento importante, per me. Decido di entrare, e di affrontare finalmente un pensiero che da giorni cova in uno stanzino posteriore della mia mente: l'ammorbidente.

AMMORBIDENTE

L'ammorbidente non l'ho mai comprato. L'ho preso in antipatia da subito, chissà perché. Mi sembrava uno di quei prodotti inutili, un perfetto esempio di consumismo ridicolo, e non badavo alla differenza fra gli asciugamani di casa nostra, rigidi come stuoini, e quelli sofficissimi degli alberghi. E poi l'ammorbidente è uno dei prodotti che tirano di piú la corda al supermercato. Forse solo il lavapavimenti è altrettanto spudorato, ma il lavapavimenti è necessario. Non sarebbe necessario averne milioni di varianti, ma di per sé è necessario, e infatti esiste anche il lavapavimenti ecologico, che io compro doverosamente. Ma l'ammorbidente ecologico non l'ho mai trovato, neanche nel negozio leggero, e sai perché, Iris? Perché l'ammorbidente non può essere ecologico, è di per se stesso nella sua natura una creatura dannosa all'ambiente. È un ghirigoro nel mondo del bucato, uno sfizio, e come tale dovrebbe perlomeno essere discreto. Okay, viziati occidentali sibaritici, volete aggiungere all'inquinamento e al degrado dei fiumi e dei mari e dei laghi anche l'ammorbidente? Non vi bastano tutti i detersivi che effettivamente servono per pulire? Ne volete anche uno per ammorbidire, okay. Ma almeno fatelo con discrezione. Riservate a questo inutile spreco un angolino del supermercato, con un paio di ammorbidenti standard, tipo uno agli agrumi e uno alla lavanda. E invece se mai ti soffermerai sul reparto ammorbidenti di un qualunque supermercato, Iris, anche quello piccolo vicino a casa, non certo un Auchan o Ipercoop, troverai ammorbidenti al, allo, alla... vaniglia, magnolia, oro, ossigeno blu, freschezza glaciale, orchidea viola e mirtilli, risveglio primaverile, aria di primavera, fior di loto, sandalo e caprifoglio, eliotropio e muschio bianco, gelsomino scarlatto, rosa romance, esplosione di lavanda, paradise sensation, e mi fermo qui ma di sicuro non li ho esauriti.

Per anni, quando passavo lungo gli ammorbidenti, pensavo a una immaginetta che la bisnonna Lucrezia teneva nel libro da messa. Tu non l'hai quasi conosciuta, non puoi saperlo, ma nonna Lucrezia era molto religiosa e aveva questo libro da messa ciccione, tutto pieno di immaginette dei santi, di Gesú e della Madonna, e da bambina mi piaceva tantissimo, ci giocavo come se fosse un album delle figurine. E tra tutte le figurine la mia preferita era una Madonna che aveva i bordi smerlettati, e le mani giunte, un vestito bianco, il mantello azzurro, e guardava leggermente in su, sai come quando non ne puoi piú di qualcosa? Sembrava proprio che dicesse: Oh santo cielo, che sfinimento. Ecco, quando passo lungo gli ammorbidenti, mi sembra di vedere Maria la Madonna che alza gli occhi al cielo e sospira. Perché, creature del mondo, sprecate tante energie e plastica e sostanze petrolifere per creare tutti questi ammorbidenti? Non vi vergognate?

Io mi vergognavo, e quindi non li compravo. Ma adesso che mi curo della casa la mia sensibilità si è affinata. Adesso mi accorgo che abbiamo gli asciugamani rigidi. E cosí ho iniziato a comprare l'ammorbidente. Scelgo il piú semplice, e spero che la Madonnina mi perdoni.

10. Lisa di Rivabella

Esco da IperSoap con l'ammorbidente al mughetto di montagna, una confezione di panni spugna multicolor, una di spugnette gialloverdi come un passato governo di questo Paese, una di cera d'api per mobili che userò quando deciderò di fare il salto di qualità da casalinga normale a casalinga stellare, e una scatola con cento guanti monouso. Oggi pomeriggio mi dedicherò a pulire gli Angolini Nascosti della cucina. Li ho scoperti stamattina! In ogni cucina esistono dei retri, dei sottospigoli, dei lati di cassetto, dei binari scorrevoli che non si puliscono mai. Credo neanche Daniela li abbia mai stanati. E le righe fra le piastrelle? Esiste un prodotto apposta, destinato solo a pulire le righe fra le piastrelle, ma non l'ho comprato perché temevo la vendetta del Signore: un universo che prevede un prodotto apposta per pulire le righe fra le piastrelle non merita di continuare a esist…
– Lilli!
Mi sento chiamare, non riconosco la voce, penso a un'allucinazione e continuo, ma lo sento ancora.
– Lilli! Psss… qua… psss… la palma…
La palma? Ah, certo, la palma. Un grosso cartonato che riproduce una palma in scala uno a uno, sul lato del marciapiede. L'ho registrato con lo sguardo ma non con il pensiero, che l'ha dribblato come «roba pubblicitaria». Adesso che il vanto principale dei cibi è essere senza olio di palma, o senza lattosio, o senza glutine, meglio senza nessuno dei tre, anche se in questo caso probabilmente il

cibo è una bistecca di bovino adulto e non va bene comunque, adesso che l'olio di palma meno c'è e piú il biscotto si vanta, ho ipotizzato in modo volatile che la palma fosse lí per annunciare, felice: «È grazie ai Biscotti Questi o Quelli che ho ancora tutto il mio olio! Loro non ne usano neanche una goccia! Grazie, Biscotti Questi o Quelli!»

Ma mi sbagliavo, perché questa palma parla, e dice: – Lilli! Qua dietro! Sono Marcella!

In effetti, dietro la palma, a sostenerla e nello stesso tempo usarla come riparo, c'è proprio Marcella, la traditissima moglie di Piero, il collega di Francesco. Marcella è impiegata al Museo Egizio, me la sono sempre figurata piú in un ufficio che dietro palme di cartone.

– Ehi! Ciao! Che fai? Una campagna a sostegno delle palme?

– No. Spio Piero.

Mi guardo intorno. Non vedo Piero. Vedo solo Marcella appiattita dietro la palma di cartone che la copre a stento, visto che Marcella è donna di curve piuttosto pronunciate.

– Veramente? E perché?

– Perché sospetto che mi tradisca. Senti. Ti ha detto niente Francesco?

– Noooo! Ma figurati. Francesco non è affatto pettegolo.

– Peccato. Non ti ha accennato qualcosa su Piero e la Cometti?

La Cometti... la Cometti... ah, certo. Una geologa che ogni tanto collabora con loro. È venuta pure un paio di volte a cena da noi, tutta vestita da geologa, scarpe con Vibram, giubbotto tecnico, non proprio tipo Shakira, ecco.

– Noooo! – rispondo questa volta con perfetta sincerità.

– Piero ha una storia con lei.

Trasecolo. Ma come? Pochi giorni fa aveva una storia con la segretaria dell'assessore e adesso con la Cometti? Ma che è, Piero? Il dottor Ross?

– Ma dài? Sei sicura?

– Sicurissima. Li ho visti.

– Li hai visti cosa, Marcella?
Tra l'altro, non è facilissimo parlare con una persona che sta dietro una grossa palma di cartone. I passanti mi guardano. Quella lí, pensano, parla con alberi finti.
– Li ho visti da Copa Rica. L'altro pomeriggio. Mi ha detto che lavorava fino a tardi, e invece passando per caso davanti a Copa Rica l'ho visto a un tavolino con la Cometti. Erano insieme! E mangiavano il gelato! C'era anche Bunni.
– Bunni?
– La segretaria dell'assessore, Bunni Bogetti.
– Ah. Però tu non hai pensato che abbia una storia con Bunni, hai pensato che abbia una storia con la Cometti.
– E dài, Lilli. Bunni è una deficiente. La Cometti è sempre stata il mito di Piero.
Vorrei accasciarmi, di fronte alla sperduta ingenuità della donna. Ma non ho tempo, devo tornare a casa a pulire gli Angolini Nascosti, e poi io e Marcella non siamo cosí amiche, non tocca a me spiegarle come va la vita e dove vanno gli uomini.
– Non è un po' poco? Cioè, mangiare un gelato, per di piú in tre, non lo considero un tradimento.
– Non è l'unico episodio. Una volta…
La blocco. Voglio uscirne. E ricorro alla mia scusa standard, il grande classico che non fallisce mai. Semplice, sicuro, non offende l'interlocutore e garantisce la fuga.
– Scusa, tra dieci minuti arriva l'idraulico e devo farmi trovare a casa. Senti, io sono certa che Piero non ti tradisce con la Cometti. Esci da quella palma. Dove l'hai presa, tra l'altro?
– Me l'ha prestata Lisa, una mia amica di Rivabella che fa la detective.
– Sai dove si trovano? Potrei regalarne una a mia cognata per il compleanno. Le piace molto la natura finta.
– Dai cinesi.
– Veramente? Vendono anche alberi?
– Sí. È una nuova catena, Shangai Express. Hanno un

reparto di teatro. Ci sono quinte, alberi, frontali di mobili... interessante. Per i detective e le compagnie amatoriali è una mano santa –. Si blocca, poi inghiotte un lacrimone.
– E anche per noi mogli tradite.

Non so cosa dirle: vorrei prorompere in un «Ma tu non sei una moglie tradita, Marci!» ma è talmente tanto una moglie tradita che non mi verrebbe mai un tono credibile.

Per fortuna la conversazione è stroncata da un gridolino di Marcella:
– Vattene! Sta uscendo da quel palazzo! Sparisci!

Corro via, chiedendomi perché la vita è cosí cattiva che ci costringe a spiare i nostri amati stando nascoste dietro grosse palme di cartone.

È coinvolgente, pulire gli Angolini Nascosti. Sposto il ceppo dei coltelli sul banco della cucina e ci trovo dietro un giacimento di microrganismi, polvere e crosticine, a cui applico con energia l'aspiratore piccolo. Io amo l'aspiratore piccolo, anche se ogni volta mi delude, e infatti anche questa volta aspira pochissimo, e faccio ricorso al classico, affidabile panno spugna umido. E mentre passo il panno spugna umido e poi spruzzo lo sgrassatore di Marsiglia, e poi di nuovo il panno umido, nel cervello mi balena una associazione emotiva. Sí, c'è stato qualcos'altro nella mia vita che mi ha provocato lo stesso senso di essere nel giusto, di compiere un'azione oscura ma rasserenante. È successo in quel breve periodo, tra gli otto e i dieci anni, in cui mi sono confessata. All'epoca ero terreno di scontro fra mia mamma (la femminista) e mia nonna (la tradizionalista cattolica). Era come un infinito scambio di tennis in cui io ero la pallina. Ero stata battezzata perché mia nonna aveva dichiarato che altrimenti avrebbe vissuto nel terrore che un pirata della strada mi mettesse sotto spedendomi dritta all'inferno. Sia chiaro: a terrorizzarla non era l'idea della mia giovane vita spezzata, era il pensiero che fosse spezzata senza che prima mi avessero ripulita dal peccato originale. E per lo stesso motivo avevo fatto la prima comunione. L'esperienza mi era piaciuta, in piú l'avevo fatta con Noemi, stessa parrocchia, e per un annetto eravamo state molto religiose tutte e due: alla domenica la sua mamma ci portava a messa, mentre la mia digrignava i denti e aspettava che la vita la vendicasse.

Ma durante quel tempo, ogni volta che mi confessavo mi sentivo cosí bene! Come un asciugamano bianco appena uscito dalla candeggina. Certo, mi sarei risporcata, ma per qualche ora, diciamo fino a quando non avessi mangiato di nascosto tre cioccolatini, ero bianca, pura, innocente, e se un pirata della strada mi avesse messa sotto tra la chiesa e casa, sarei schizzata in cielo dritta come un razzo di Houston.

Pulire gli Angolini Nascosti: uguale. Erano ben nascosti, ma io sapevo: sapevo che c'era uno sporchetto segreto dietro il ceppo dei coltelli, dentro lo sportello delle pentole, nel cassetto delle patate. Lo sapevo, che anche quando la cucina sembrava linda e lustra come il pelo di un gatto viziato era solo apparenza, perché si aggrovigliava sporco qua e là. E non solo in cucina: che orrore gli Angolini Segreti del bagno! E che patetici quelli in camera da letto: prova a spostare le bottiglie di profumo sul cassettone, e vedrai che grumaglia!

Ma dopo averli puliti, mi sento in pace: il reparto CASA della mia coscienza è sgombro, senza peccati in sospeso. E gli altri reparti? Non è il momento di occuparsene, anche perché squilla il cellulare e vedo che è Iris.

«Pronto! Ciao tesoro!»

«Ciao mammina! Come va lí?»

«Bene, tutto bene, e tu? Tutto a posto a casa? È tornata Ipazia?»

Lo so. Eppure si chiama proprio cosí, una delle coinquiline di mia figlia. Per fortuna la terza si chiama Sandra.

«Sí. È tornata. E sai cosa?»
«Cosa?»
«Ci siamo date all'uncinetto!»
«Ah sí? All'uncinetto? Quello con la lana?»
No, lo chiedo perché magari è un modo che hanno loro di chiamare qualcos'altro. Cioè, potrebbe anche essere un reato, per quello che ne so io.
«Sí, certo, l'uncinetto, mà! Normale. Mi piace da pazzi. Abbiamo trovato al mercatino tipo mille numeri di una rivista di quelle, sai, ogni numero un gomitolo e la spiegazione per fare un quadrato e poi con tutti i quadrati fai una coperta».
Ho sentito discorsi piú chiari, ma capisco.
«Sí, una coperta patchwork. Ma scusa, la rivista col gomitolo? Ancora nella plastica?»
«Sí, boh, le mandavano al macero. Le abbiamo comprate tutte per 30 euro!»
«Bravissime! Sai che anch'io anni fa avevo iniziato una di quelle coperte?»
«Ah sí? E ce l'hai ancora?»
«Boh. Chissà dov'è finita».
«Mi ha presa un casino. Cioè, farei quello tutto il giorno».
«E invece...»
«Come invece?»
«Faresti quello tutto il giorno e invece prepari l'esame di...»
Accidenti, non mi ricordo mai i nomi dei suoi esami. Uffa... tipo: «Narrazione e dinamiche culturali del deserto del Kalahari».
«Sí, vabbè... tranquilla. Studio. Comunque potrei anche farlo di lavoro».
«Cosa? L'uncinetto?»
«Sí. Cioè, creare coperte fighissime, una via di mezzo tra artigianato e arte contemporanea».
«Potresti, certo, ma dopo aver preso la laurea in Africa Australe o in cos'altro ti devi laureare».

«Mà, ricordati che alle svolte della vita non bisogna andare dritto se no ti schianti».

Meno male che saluta e riattacca, perché la risposta pronta non ce l'ho.

Quando riferisco a Francesco le aspirazioni uncinettistiche di nostra figlia, lui posa la forchetta su cui stava infilzato un pezzo di pollo (al limone) e mi guarda male.

– Che vi prende? Te che vuoi fare la casalinga, quella con l'uncinetto... siete impazzite? Eravate donne intelligenti!

– E saremo diventate stupide. Succede. Sai che palle, essere intelligenti tutta la vita. Poi si finisce come Marcella.

Mentre pulivo gli Angolini Nascosti, e anche mentre preparavo il pollo al limone e cuocevo il riso basmati da mettergli insieme e affettavo finocchi e cavolo per l'insalata, mi sono chiesta e richiesta se raccontare a Francesco di Marcella. Una parte di me, molto ampia, tende a raccontare qualsiasi cosa a mio marito. Sono poco portata ai segreti, e troppo pigra per la disciplina necessaria ai bugiardi. Però in questo caso vorrei evitare di danneggiare ulteriormente quella donna disillusa. E di una cosa sono certa: se io spiffero a Francesco che Marcella spia Piero portandosi appresso una palma di cartone, lui glielo dice. Glielo dice glielo dice glielo dice. Perché l'uomo è solidale con l'amico, anche se l'amico è traditore. E se per caso l'uomo non è traditore in proprio, è ancora piú solidale, perché sotto sotto ammira l'amico traditore. Lo stima. Ma se Francesco dice a Piero che Marcella lo spia, Piero passerà in vantaggio.

Quindi no, non gli racconto niente. E infatti, quando Francesco mi chiede:

– In che senso, si finisce come Marcella?

Rispondo: – Che per troppa intelligenza manco ti accorgi che tuo marito si zompa un'altra. A proposito, come va quella storia?

– Va che è un casino. Bunni ha cominciato la fase martirio.
– Cioè?
– Quella in cui l'amante mette il muso perché lui non può stare di piú con lei, ma quando lui le chiede «Cos'hai?» lei dice «Niente».
– Bene! Questo significa che molto presto Piero non ne potrà piú di lei.
Pausa di silenzio. Poi:
– Bunni ha delle risorse, mi dice Piero.
– Non le voglio sapere.
– E infatti io mica te le volevo riferire.
Vabbè. Povera Marcella. Meglio scivolare in un campo meno insidioso.
– Cosa mi dicevi di quel platano in piazzetta Madonna degli Angeli?
Quando siamo a letto da un po', e Francesco si addormenta con gli occhiali sul naso, gli tolgo di mano *La foresta tropicale* di Massa, Carabella e Fornasari, e faccio partire il DVD di *Downton Abbey*. È l'ultima puntata, e gli sceneggiatori non mi deludono: annodano tutti i fili, sistemano tutti gli amori, tranne Thomas, quel bellissimo cameriere gay, che ancora non trova un fidanzato. E mi fa una piccola tristezza l'arrivo del frigorifero nella cucina di Downton. Meno male che finisce, non avrei sopportato l'intrusione della modernità.

L'ASPIRATORE PICCOLO

L'aspiratore piccolo è un aspirapolvere grande piú o meno come il muso di un grosso cane, che funziona a batteria e si ricarica mettendolo nel suo vassoietto collegato a una presa. A me piace tantissimo, con la stessa intensità con cui invece detesto l'aspirapolvere standard, scomodo, e soprattutto col filo. Il piccolo invece è libero e leggero, come dovrebbero essere tutte le cose della vita. Lo afferro, e lo passo ovunque ci siano briciole o polvere o rimasugli: un classico posto da aspirapolvere piccolo è la fenditura dei divani. Il problema è che lui, in realtà, non aspira, o aspira pochissimo. Inutile aprirlo, pulirlo, cambiare il filtro, inutile comprarne un altro controllando che quel numerino su un lato sia piú alto (non so cos'è, e neanche mi interessa. È un numero che dopo ha una W maiuscola. Piú è alto il numero, piú l'aspiratore dovrebbe aspirare). È inutile perché l'aspiratore piccolo non ce la fa. È nato cosí, per promettere senza mantenere. Bisognerebbe sapergli dire di no. Non ti compro, perché sei un oggetto bugiardo. Sei inutile come la macchina del pane, che ce l'ho nell'armadio da tre anni e non l'ho mai usata. Sei inutile come la centrifuga a mano che ho comprato al mercato e che manovrata dal venditore estraeva succo come e piú di quelle elettriche, e costa solo 2 euro, ma quando la manovro io non estrae assolutamente niente. Sei inutile come quell'oggettino giallo e arancione che dovrebbe servire a infilare l'ago, ma senza l'aiuto di Nikola Tesla in persona è impossibile capire come. Sei inutile. Eppure noi ci caschiamo, Iris, e quando sarai una donna adulta, questa creatura cosí tragicamente disposta a farsi ingannare, anche tu ci cascherai, lo vedrai lí, da Trony o MediaWorld o chissà, e penserai: «Che figata! Posso usarlo per aspirare un sacco di cose senza dover prendere l'aspirapolverone col filo!» e lo comprerai. E lo userai, sperando ogni volta che durante la notte la Fatina della Casa, col suo grembiulino di stelle, gli abbia dato potenza e buona volontà. Non succederà, Iris.

11. Quello che sapeva Sonia

Sul mio cellulare lampeggia ALICE e il mio cuore ha un balzo, cosa che non succedeva piú da circa trentaquattro anni, quando suonava il telefono e mia mamma mi chiamava: «Lilli! È un certo Valerio!»
Sono passati due giorni dal nostro pranzo da McDonald's, e anche se nel frattempo ho pulito a fondo i bagni di casa, nemmeno questa meravigliosa attività di cesello e di meditazione è riuscita a togliermi di dosso l'inquietudine dell'attesa: e se Sonia non sa niente? E se Alice manco la chiama, Sonia, perché in fondo cosa gliene importa a lei di ritrovare Noemi, che non erano neppure tanto amiche?
«Alice! Come stai?»
Ma Alice, comincio a capirlo, non ha particolari attitudini sociali. Mi ricorda un po' certe investigatrici svedesi delle serie televisive.
«Ciao Lilli. Ho parlato con Sonia».
Pausa ad effetto.
«E? Allora?»
«Guarda, sono dalle tue parti. Se sei a casa passo un attimo. Preferisco non parlarne per telefono».
«Sí, certo, vieni». Le do l'indirizzo e bevo un po' d'acqua. Agitatissima. Non può parlarne per telefono. Ci siamo. Brigate Rosse. No, aspetta, le Brigate Rosse non c'erano già piú quando è scomparsa Noemi. O sí? Vorrei essere stata piú attenta alla politica, in vita mia.
Quando Alice arriva la porto in cucina e accendo il bollitore.

– Bevo solo orzo, – annuncia.
Ce l'ho! Anche mia cognata beve solo orzo, e cosí ne tengo sempre un po' per le sue rare visite.
– Quindi? Perché non potevi parlarne per telefono?
Tiro fuori dall'armadietto due tazze rosse del Nescafé prese coi punti di cui sono molto orgogliosa, metto il nesca nella mia e l'orzo in quella di Alice, e aspetto.
– Perché lui è famoso. Molto famoso.
– Lui?
– Il grande amore di Noemi. Sei pronta?
Sono pronta.
– Giorgio Santafede.
Noooo! Giorgio Santafede! Forse il giornalista piú star d'Italia, conduttore del telegiornale piú seguito, direttore di rubriche, autore di inchieste, ospite peregrinante tra un talk show e l'altro, in piú fighissimo, fresco di divorzio da una collega con grande scandalo causato dalla nuova compagna, la giovanissima figlia di una principessa austriaca. Caspita. Cioè, Giorgio Santafede. Trauma.
– Scherzi.
Tanto per dire, perché dubito che Alice Lampugnini abbia mai scherzato una sola volta in vita sua.
– No. Me l'ha detto Sonia. Dopo il liceo Noemi è andata a fare l'università a Milano.
– Ecco perché non l'abbiamo piú vista in giro.
– Con Sonia hanno continuato a sentirsi. Lei faceva medicina a Pavia. Ogni tanto si vedevano, a Milano, anche quando Noemi si è messa con questo Giorgio. Allora lui era un giovane giornalista, carino ma niente di che. Poi però Sonia è andata a lavorare in Africa. Sai, quei medici senza frontiere.
Detto cosí, evoca un'immagine di dottori vagabondi che girano da uno Stato all'altro in cerca di malattie a buon mercato.
– E si sono perse. Quindi abbiamo il nome di un suo ragazzo. O forse marito. Magari sono ancora insieme.

Volete dirmi che Alice è l'unica donna in Italia a non sapere tutto degli amori di Giorgio Santafede?

– Ma dài! Se Giorgio Santafede fosse sposato con una nostra ex compagna delle elementari lo sapremmo! No, no, lui prima era sposato con Patrizia Ragna...

Metto i puntini di sospensione nella voce, aspettandomi una reazione che non arriva.

– Patrizia Ragna... quella di *Piú bella si muore*...

Niente.

– Una conduttrice televisiva famosissima. Due anni fa l'ha mollata con un gran casino su Facebook e si è messo con Federica di Bassa Sassonia. La Principessa, – aggiungo, perché vedo che Alice in cronaca vip è scarsetta.

– Ma esistono ancora?

– Cosa?

– Le Federiche di Bassa Sassonia. Comunque. Quindi non sta piú con Noemi, però magari potrebbe dirci qualcosa.

Caspita. Ha detto «dirci». Alice Lampugnini non mi molla.

– Il problema è che non riusciremo mai ad arrivare a Giorgio Santafede.

– Non è detto. Ho un link.

– Eh?

– Una mia conoscente l'ha citato in tribunale. Probabilmente può darci il suo indirizzo, una mail, qualcosa.

Sono affascinata dalla parola «conoscente». Credevo che dopo la morte della mia prozia Rita (quella delle pattine) non la usasse piú nessuno.

– Veramente? E come mai l'ha citato?

– Perché le ha investito il cane. Si chiama Crimea. Germana Crimea. È contessa.

– Accidenti. Hai un'amica contessa?

– Conoscente. Andiamo dalla stessa panettiera. Piú o meno negli stessi orari. Giorgio Santafede ha investito il suo cane col SUV. Solo una zampa rotta, ma lei l'ha querelato perché lui sosteneva che era colpa del cane che si era

buttato. L'ha raccontato alla panettiera mentre lei comprava del pane di kamut e io del pane nero biologico.
– Spiriti affini.
Mi guarda senza capire. Il sarcasmo non funziona, con Alice. Ma non importa, perché da questo racconto saltano fuori, con un balzo da rane anfetaminiche, due informazioni essenziali.
– Dobbiamo parlare con la contessa, Alice. Questa storia ci dice che Santafede è stronzo, e va bene, già si capiva da tante cose. E ci dice che ogni tanto viene a Torino. Magari c'entra Noemi!
– Già fatto.
– Cosa?
– Ho chiesto alla panettiera di dire alla Crimea che ho urgente bisogno di parlarle. Le ho lasciato il mio numero.
– E se non ti chiama?
– Ci piazziamo in panetteria. Prima o poi la becchiamo.
– Strano, però. Cioè, che una contessa si compri il pane da sola. Non ci manda gli schiavi?
– È decaduta. Ha solo una donna a ore, e le commissioni se le fa lei.
Alice beve l'orzo, e commenta:
– La tua cucina non è molto funzionale.
– Non ho mai pensato che dovesse esserlo. La tua lo è?
– Penso di sí. Ma adesso che i ragazzi sono via, la uso il meno possibile.
– E tuo marito?
Mi rendo conto che Alice non mi ha detto niente di suo marito. Oddio. E se è separata o vedova? Tocco un tasto dolente?
– Mai avuto un marito.
– Fidanzato... cioè, insomma, il padre dei tuoi figli, diciamo.
– Questa persona non esiste. Esistono quattro padri diversi, e non ho mai vissuto con nessuno di loro.
Caspita. Alice Lampugnini!

– Ah. Va beh. Poi una volta se vuoi mi racconti.
Lei alza appena una spalla. – Non c'è niente da raccontare. Per fortuna mio padre anni fa ha vinto al SuperEnalotto e mi ha regalato dei bei soldi. Non proprio da essere straricca, ma abbastanza da poter vivere tranquilla.
Si alza. Il momento delle confidenze è finito.
– Vado. Se ci sono novità dalla Crimea ti faccio sapere.
Alice se ne va e io mi guardo intorno. Cucina, non sei funzionale. Quando siamo venuti a vivere qui, lo eri. Avevi dei bellissimi pensili lungo le pareti, elettrodomestici incassati, superfici immacolate. Poi un po' alla volta sono riuscita a distruggerti, a eliminare i pensili e i marmi e a sostituirli con armadi di recupero e azulejos scompagnati. Ora mi piaci. Anzi, visto che sono le cinque e stasera andiamo a cena fuori, ho il tempo per dedicarmi al…

IL CASSETTO DELLA CUCINA

Quando avrai una casa tua, Iris, ricordati che la pietra angolare dell'equilibrio domestico è il cassetto della cucina. La mancanza del cassetto della cucina può anche apparentemente non incidere sull'armonia familiare, ma alla lunga si fa sentire. Senza cassetto della cucina dove butti, ad esempio, le tessere dei punti del supermercato? Le istruzioni del frullatore, inutili finché vuoi perché nessuno ha bisogno delle istruzioni per usare un frullatore a immersione, ma tant'è... E le pile... quelle nuove e anche quelle consumate, in attesa di quel giorno leggendario che sul calendario non compare mai: il giorno in cui le porterai al raccoglitore di pile esauste. Lo capisco, che sono esauste di stare sempre nel cassetto della cucina, ma il guaio è, lo scoprirai presto cara figlia, che le pile usate e quelle nuove si mescolano, e non sai mai come distinguerle. Da bambina mi dicevano che dovevo toccarle con la punta della lingua, ma se erano cariche davano una brutta scossetta, e l'ho fatto solo due volte o forse tre. Di solito per capire se sono cariche l'unica è infilarle in qualcosa che va a pile e vedere cosa succede.
Nel cassetto della cucina ci sono anche vecchie polaroid sbiadite, pupazzetti brutti che non hai il coraggio di buttare via, spago, candele, e tanti, tanti biglietti di pizzerie, bed and breakfast, elettricisti, idraulici, antennisti di Sky, io ne ho anche uno di una signora che fa le carte, di un tatuatore e di una pensione per cani, tutte attività che non mi servono. Il cassetto della cucina... vecchie biro e uncinetti, piccoli calendari da borsetta di

anni ormai completamente consumati... gessetti, caramelle senza carta coperte di peli...

Ogni tanto, Iris, lo tirerai fuori per svuotarlo, e ripartirlo da zero, ma non ce la farai mai. Ogni elastico, ogni puntina da disegno, ogni scarabocchio sbiadito fatto da tua figlia a tre anni, per non parlare del portatovaglioli di rafia fatto sempre da tua figlia a cinque anni, in quel momento ti apparirà utilissimo, impossibile da eliminare. Il massimo che riuscirai a fare sarà mettere gli elastici in una scatola, le pile in un'altra, i bigliettini in una busta.

Nessuno ha mai visto un cassetto della cucina vuoto. E la cosa pazzesca è che anche quando compri una cucina nuova e apri il cassetto per la prima volta, già ci trovi qualcosa dentro. Un biglietto con un numero di telefono... una candelina rosa... Il cassetto della cucina è cosí. È un complesso organismo vivente. Abbine cura, ma non pretendere di addomesticarlo.

12. Figlio di una meliga

La panetteria *Non solo grano* si affaccia su via Villa della Regina, un bel nome per una strada in leggera salita che parte dalla piú grande piazza della nostra città. Attorno a via Villa della Regina è tutto molto elegante, palazzine, antiche dimore, giardinetti, persiane accostate attraverso cui si intravedono bagliori di tappeti, colf che mettono il grembiule. Da ragazza, vivere qui era il top delle mie aspirazioni, adesso preferisco il grande parco misterioso che vedo dalle finestre di casa mia.

Alice abita in questo quartiere, credo non certo grazie al suo lavoro, quanto alla vincita superenalottistica del padre. Mi aspetta davanti al portone di un palazzo sobriamente liberty e mentre ci dirigiamo verso la panetteria mi indica, due isolati piú avanti, le alte mura che racchiudono l'invisibile villino della Crimea.

– Scusa, ma non potevamo vederci da lei o da te? Perché ci troviamo in panetteria?

– L'ha detto lei. Ha detto: va bene, vi passo i contatti, troviamoci domani in panetteria alle undici che poi devo correre da Sabrina.

– Chi è Sabrina?

– Non lo so, non gliel'ho chiesto e non mi interessa, e non dovrebbe interessare neanche a te. Sono cose collaterali, a noi serve solo il numero di telefono di Santafede.

Vorrei essere come Alice, cosí determinata e senza fronzoli. Invece a volte ho l'impressione di essere composta quasi esclusivamente da fronzoli.

La contessa ha chiamato Alice qualche giorno dopo aver avuto il suo numero dalla panettiera. Alice le ha spiegato succintamente di cosa si trattava, e lei ci ha dato appuntamento. Sembrava, mi ha detto Alice, scontrosa ma disponibile.

Ed eccola lí, non altissima, avvolta in una meravigliosa cappa di seta color cipria, appesa al braccio una incongrua borsina di tela da cui spunta un pacco di grissini.

– Buongiorno contessa, questa è la persona di cui le ho parlato, Lilli Tempesti. Lilli, la contessa Crimea.

– Che piacere. Lilli da Liliana?

Maledetta. Perché questa domanda? Cosa gliene frega a lei, Lilli da cosa? Si chiede a una che ti hanno appena presentato che nome diminuisce il suo diminutivo? Sarà un'abitudine delle contesse. E adesso che faccio? Le mento. Per forza.

– Sí, certo. Lei è stata gentilissima, davvero. Rappresenta la nostra unica speranza di rintracciare Noemi.

– Guardate, ve lo dico sinceramente, perché io sono una donna sincera. A me interessa poco che ritroviate o meno questa vostra amica. Ma se riuscite a dare fastidio a quel bastardo figlio di una meliga, ve ne sarò grata in eterno.

– Figlio di una... scusi?

– Meliga. Figlio di una meliga. È un'espressione del Monferrato.

– Ah. Non lo so se gli daremo fastidio, può darsi che neanche ci riceva...

– Ah no. No. Dovete farvi ricevere, e fargli sputare sangue. Vorrei che soffrisse le pene dell'inferno, lui e la sua anima sudicia come una latrina delle favelas!

– Ma... io...

Niente. La contessa ormai è partita come una metro senza guidatore: chi la ferma?

– Miserabile suffumigio sporco che non è altro! Infame cicles masticato e finito sotto una scarpa subito prima che calpesti una merda! Residuo di tosse di tisico! Lo odio e se

potessi camminerei sul suo esofago per un totale di venti chilometri! Mai pena sarà sufficiente per Giorgio Santafede, che ha azzoppato il mio Mister Volare causandogli perenne disabilità e profonda, perdurante depressione...
– Oh santo cielo, io crede-
No no. Non si ferma. – Lui! Lui che ha osato affermare che è stato Mister Volare a gettarsi sotto le ruote del suo obbrobrioso veicolo, rappresentando altresí un rischio per lui e per la troia che gli sedeva accanto! Ma lo sapete che ha vinto la causa? HA VINTO LA CAUSA! HO DOVUTO PAGARGLI I DANNI, A QUEL CROSTACEO MARCIO!

La contessa Crimea è tutta rossa in viso, e le pulsa una vena sulla tempia. Non vorrei che esplodesse. Mi giro verso Alice, che si sta disinteressando nel modo piú totale della conversazione: fissa una carta di caramella che svolazza sul marciapiede, con lo sguardo assorto di chi sta forse programmando un software.

– Contessa... la prego... non ci pensi... è acqua passata...
Poco a poco si placa, ma è come un giocattolo a cui è finita la carica a molla. In tono dolorosamente piatto, conclude: – Ventimila euro, ho dovuto dargli. Perché la macchina si è schiantata contro un palo e la troia si è rotta un braccio e ha perso il suo lavoro di puttanella danzante in uno show televisivo. Ventimila. E Mister Volare non si è piú ripreso. Zoppica. Non riesce piú a inseguire gatti, colombi, lucertole, tutta roba che prima azzannava in quattro e quattr'otto. Ecco.

Senza pausa, mi porge un foglio con un numero e una mail, inclina il capo, ci lancia un'ultima occhiata di fuoco, e se ne va.

IL PANE SECCO

Una casa ben curata e armoniosa è una casa in cui non esiste il problema del pane secco. Purtroppo io questa questione non l'ho mai risolta in maniera definitiva, a causa di tuo padre. Tuo padre ha conservato l'imprinting di quando viveva con madre, padre, sorella e due nonni: continua a comprare pane per sei persone. Ma noi siamo soltanto tre, due quando tu non ci sei, come ormai avviene regolarmente. Se abbiamo un paio di ospiti, compra pane per dieci. E via cosí, in progressione: se a Natale siamo quattordici o quindici, compra pane per venticinque. E purtroppo comprare il pane è una delle pochissime cose che fa di sua iniziativa. Ma tu questo lo sai, ci hai sentiti discutere del pane mille volte, una specie di rotatoria infinita in cui lui protesta perché io ne compro poco e quando capita metto in tavola quello del giorno prima, e io protesto perché grazie a lui in casa nostra si generano cumuli di pane secco, piccole cordigliere delle Ande di pagnottelle, fette di pane pugliese, pane coi semini, spaccatelle, autostrade, tartarughe, coccodrilli, ciabatte. Tutti secchi. A volte anche leggermente ammuffiti. Raccolti in sacchetti di carta, di plastica, che lasciano scappare le briciole. Orribili. Solo ogni tanto mi decido a surgelarlo quando sono ancora in tempo, prima che diventi troppo duro perché ne valga la pena. E il pane non si può buttare, questo lo sai. Qualcuno lo butta ma prima lo bacia, però la trovo una scelta ipocrita.

Il pane è sacrosanto, e bisogna farne qualcosa. Purtroppo io ne so fare solo pangrattato. Sono dieci anni che non

compro piú il pangrattato, ma a volte non ce la faccio a pangrattare tutto il pane avanzato. Quando eri piccola facevo ogni tanto il finto soufflé di pane e formaggio, e una volta ho provato pure a fare il famoso budino di pane, che tutti dicono essere chissà che meraviglia ma a casa nostra non ha mai attecchito. Noi, chissà perché, abbiamo sempre preferito il budino di cioccolato. L'altra possibilità è darlo a zia Ludo per Rollo, e per eventuali amici di Rollo che come lui rosicchiano volentieri tozzi di pan secco. Ma c'è un limite alla quantità di pan secco che può rosicchiare un cane prima di dire: adesso basta, dov'è lo spezzatino?
Perciò alla fine sono costretta a buttarlo. Mi sento un verme, mentre faccio scivolare il sacchetto nel bidone marrone. Ma senza baciarlo prima: non sono cosí falsa.

13. Macelleria Pellegrini

La stazione piú vicina a casa mia si chiama Porta Susa, tutti i treni che vanno a Milano passano da lí, ma io preferisco partire dall'altra, quella piú lontana, nel centro della città. Porta Susa è una stazione che definirei disadorna: non ha niente. Non un negozio, un'edicola, a stento c'è un bar, che però sembra sempre sul punto di chiudere. L'altra stazione è piú interessante, ha molti negozi, molti bar e vale la pena di arrivare un po' in anticipo e godersela.

E infatti arrivo una bella mezz'ora prima della partenza del treno che mi porterà a Milano, e ho ancora il tempo di farmi un giro da Mango.

Mango... un negozio che apprezzo. È adatto a una quarantottenne che ne dimostra tipo quarantadue. È perfetto. Secondo me, quando cominci ad andare da Mango significa che sei passata dalla fase ragazzina alla fase giovane donna, e lí puoi restare finché il fisico ti sostiene. Entro, e di impulso mi compro un cardigan rosso, per sostituire la giacca di pelle. Un rosso diverso, piú corallino, meno da sparatoria di quello della giacca. A noi bionde sta bene il rosso, se abbiamo un po' di coraggio. Per un attimo, ripenso con nostalgia a quando litigavo con i sindacalisti tutta vestita di rosso per sfidarli sul loro terreno. E per un altro attimo penso con nostalgia anche a Fausto, un sindacalista fighissimo che mi aveva fatto venire qualche piccola idea concreta. Mai passata allo stato di progetto.

Ma scaccio subito questi attimi. Niente nostalgie. Oggi sono una donna che si dedica alle cure della casa, e che sta per conoscere Giorgio Santafede, addirittura sta per andare a pranzo con lui.

Questa parte dell'avventura la vivo da sola, senza Alice, che ha un paio dei suoi figli a casa e mi ha momentaneamente mollata.

Quando ho chiamato il numero fornito dalla contessa, non avevo idea di quello che avrei detto a Santafede. Dato che lui è un famosissimo e io una normale, immaginavo che la conversazione potesse anche andare cosí:

«Pronto... signor Santafede?»

«Chi parla?»

«Ehhh... lei non mi conosce. Mi chiamo Lilli Tempesti...»

Tac. Riattacca.

Invece è andata cosí: fino a «Mi chiamo Lilli Tempesti», uguale. Poi:

«Scusi, come ha avuto questo numero?» secchissimo.

«Me l'ha dato la contessa Crimea... sa, quella signora a cui ha investito il cane...»

«Senta, sto lavorando, abbia pazienza ma non ho tempo...»

«È per Noemi. Noemi Pontini». Lo dico tutto d'un fiato, sperando d'interessarlo. Alla fine, è pur sempre un giornalista. Un minimo di curiosità dovrebbe averla.

Piú che interessarlo, lo tramortisco. Resta in silenzio per un istante, poi mi sussurra:

«Quando possiamo vederci?»

Cioè. Giorgio Santafede che dice a me, Lilli Tempesti, «Quando possiamo vederci». Come minimo, devo passare al tu.

«Quando vuoi. Io posso sempre».

«Sei di Milano?»

«No, di Torino. Ma posso venirci».

«Domani all'una alla Macelleria Pellegrini dietro corso Buenos Aires. Ti va bene?»

«Certo. Sí. Macelleria Pellegrini. All'una».

«Benissimo. Ora scusa ti devo lasciare».

Per questo adesso prendo il treno Frecciarossa delle 10.00, e poi la metro linea verde e poi la metro linea rossa e scendo a Porta Venezia. Sono molto in anticipo, per paura di essere anche solo leggermente in ritardo. È la mia linea, credo faccia parte della formazione spirituale di una capa del personale essere devota alla puntualità. Questo causa infinite discussioni con Francesco, che invece abbina due concetti tra loro incompatibili, e cioè puntualità ed elasticità.

Quando gli ho detto che andavo a Milano per mangiare la famosa cotoletta della Macelleria Pellegrini (mi sono documentata su Google) con Giorgio Santafede in quanto ex ragazzo di Noemi, mi ha guardata con quel suo mezzo sorriso sardonico che mi ha sempre fatto leggermente battere il cuore.

– Ti diverti, eh, con questa storia.

Perché mentirgli?

– Sí. Molto. Ho ritrovato Alice Lampugnini, ho conosciuto la contessa Crimea, domani pranzo con Giorgio Santafede, figurati se non mi diverto.

E mi diverto, adesso, a essere in anticipo, e a farmi un giro in corso Buenos Aires, quanti negozi, quanta roba milanese, entro da Muji ma invece di guardare i vestiti, che tanto sono tutti blu e grigi e quindi non mi interessano, passo al reparto casalinghi e mi incanto soprattutto di fronte ai contenitori per organizzare lo spazio. Perché pulire non basta, per vivere in armonia con il mio spazio dovrei anche organizzarlo, dividerlo in tante scatole di plexiglas e tela e cestini e sacche da appendere ai ganci. Servirebbero anche dei contenitori per il tempo, però.

Il settore casa di Muji rischia di farmi arrivare in ritardo, ma no, all'una meno dieci sono davanti alla Macelleria Pellegrini.

Che faccio, entro? No. Lo aspetto fuori. Gli appuntamenti sono fuori dai posti, non dentro, a meno che non ci sia bufera. Però di stare piantata lí davanti non mi va, meglio passeggiare fingendo di guardare qualche vetrina, anche se accanto alla Macelleria Pellegrini c'è un negozio di cover per telefoni, un articolo che mi interessa sottozero. Intanto, mentre fingo di appassionarmi a certe cover paillettate, sbircio, e sbirciando lo vedo arrivare. È lui!

– Noemi, – mi spiega con una certa drammatica concisione Giorgio Santafede, – mi ha distrutto la vita.
Siamo seduti a uno dei minuscoli tavolini della Macelleria, ognuno con la sua famosa milanese davanti, con contorno di patate al forno. Non abbiamo fatto molti convenevoli, una breve presentazione e poi dritti al punto. Cioè, non mi ha neanche guardata! Voglio dire, sono carina. Come ho detto, bionda. Non tanto alta, occhi azzurri chiari chiari, un po' da aliena, mi dicono. Piaccio.
Non che mi aspettassi chissà che, lo so che questo tizio è abituato a principesse e modelle, però almeno un mezzo sguardo di apprezzamento, due chiacchiere piacevoli prima di ordinare. Invece niente. Eravamo a mala pena seduti che mi ha chiesto, tipo interrogatorio della Polizia:
– Cosa mi puoi dire di Noemi?
– Veramente io speravo che potessi dirmi qualcosa tu... So che... che vi siete frequentati, e siccome sto cercando di rintracciarla mi chiedevo se foste rimasti in contatto.
Ed è stato a questo punto che, tagliuzzando un angolo di carne (è rosa, questa milanese. Io non la mangio), ha detto:
– Noemi mi ha distrutto la vita.
Resto a bocca aperta. Cioè, l'ultima volta che ho visto Noemi aveva piú o meno quattordici, quindici anni, e nulla lasciava presagire una carriera da distruggitrice di vite altrui.
– Ma... in che senso?
Per un attimo torno all'ipotesi delinquenza. Forse ha assassinato una persona a lui cara ed è in carcere. Ecco perché suo padre non vuole darmi il suo indirizzo! Per-

ché l'indirizzo è, poniamo, «Casa Circondariale Regina Coeli, Roma».

Lui fa un sorrisino, anzi, IL sorrisino. Quello che esibisce in televisione sdilinquendo le spettatrici. Insomma, adesso, visto dal vivo, non è questa meraviglia. Intanto è piú striminzito. Una misura in meno, sembra: meno alto, magrolino, in televisione fa piú figura. I famosi occhi blu sono arrossati e ha le ciglia corte. Non so. Delusione. Comunque, fa IL sorrisino e dice:

– Nel solito modo. Mi ha usato e buttato, e io non me ne faccio ancora una ragione.

– Noemi? Stiamo parlando di Noemi Pontini, vero? Di Torino?

– Di Torino. Padre geometra, madre ormai passata a miglior vita. Niente sorelle o fratelli. Laurea in Economia e Commercio. Noemi. La mia Noemi.

– Corrisponde... – Lo guardo, in attesa.

– Ci siamo conosciuti nel '92. Io ero laureato in Legge e facevo praticantato ma cominciavo già a collaborare con qualche giornale. Lei era amica di una mia amica...

– Sonia.

– Sonia, sí. E quando mi ha presentato Noemi, ho guardato quella faccetta aguzza, quel mento a punta, gli occhi stretti... non so... era una specie di fatina, un elfo... era cosí diversa dalle altre ragazze... mi ha preso, Titti.

– Lilli.

– Sí, scusa, Lilli. Mi ha preso. Mi sono innamorato la prima sera che ci siamo visti. Siamo andati al concerto di Luca Barbarossa.

– Ti piaceva Luca Barbarossa?

– Ma no! Piaceva a Sonia e Noemi. Aveva appena vinto Sanremo. Quella sera l'ho baciata, e lí è cominciata la mia rovina.

– Ma veramente? – Ho finito le patate, e visto che lui non mangia le sue inizio con noncuranza a spiluccargliele.

– Te lo assicuro. Siamo stati insieme dieci anni, e in

quei dieci anni non ho mai guardato un'altra. Noemi era tutto per me. Dipendevo da lei. Era l'ago del mio umore, lo stabilizzatore delle mie giornate. Era la mia eroina, nel senso di droga, non di giovane donna valorosa.
– Vivevate insieme?
– Sí. Dopo due anni, lei si è trasferita da me... cominciavamo anche a pensare a un figlio... ormai eravamo trentenni, eravamo pronti... tutto era davvero perfetto...
Pausa. Capisco che vuole dire il mio nome ma non se lo ricorda. Non lo aiuto. Rinuncia.
– Tutto era perfetto. Io cominciavo a lavorare in tv, ero nella redazione di *Vite Violente*... lei era stata assunta in uno studio di commercialisti... abitavamo...
E gli si spezza la voce, giuro. Rotea gli occhi verso sinistra.
– ...qui vicino, in via Hayez... eravamo felici. Guarda...
Tira fuori il portafoglio e ne estrae una foto. Caspita. È un gesto a cui non sono piú abituata. Eppure è vero, nel '95 ancora non si facevano le foto coi cellulari. Ci si fotografava con la Polaroid.
E questa particolare Polaroid è, come tutte le sue colleghe, ormai sbiadita, violetta, giallina. Circondata dalla classica cornice bianca, Noemi mi guarda sfrontata, non saprei che altro aggettivo usare. Toppino scollato, pantaloncini di jeans, una quantità di tette che nulla a quattordici anni lasciava presagire... occhi truccatissimi, sorriso allusivo, anche se non ho idea di quello a cui allude... eppure è lei. Sí sí. Nonostante tutto, riconosco la determinazione di quando montava la casa di Barbie riuscendo perfino a far funzionare l'ascensore. Il mio era sempre al pian terreno. Il suo faceva su e giú e si fermava pure giusto ai piani.
– Era diventata molto carina, – dico, e lo faccio felice. Annuisce, questo babbeo, e mette via la reliquia.
– Una ragazza straordinaria. Magica. Unica.
Silenzio. Ma su, dài, non è morta, non credo.
– E poi? Che è successo?

– È successo che è andata una settimana in vacanza da sola. A fine agosto. Eravamo stati insieme in Sardegna, poi io avevo ripreso il lavoro ma lei aveva ancora qualche giorno di ferie, cosí aveva deciso di farsi un po' di mare in questo paesino ligure che aveva trovato online. Ameglia.
Pausa a effetto.
– Mai sentito.
– Neanch'io. Ma mi andava benissimo. Ero contento per lei.
– Con chi è andata?
– Sola. Le sue amiche lavoravano, o avevano figli. Ha chiesto a sua madre, ma era in campagna col padre e quel rompiscatole si era opposto. Sapessi quante volte ci ho pensato... se Clelia fosse stata con lei, forse...
Tossicchia, e mangia una forchettata delle patate che ormai consideravo mie. Per aiutarlo a riprendersi, parlo io.
– Eh sí, il papà di Noemi è un uomo vecchio stampo, la moglie era praticamente al suo servizio. Ma durante quella settimana vi siete sentiti?
– Certo. Piú volte al giorno. Era normalissima... era affettuosa... era...
Gli si spezza la voce e io devo trattenere uno sbuffo. Che piaga, quest'uomo.
– Era la mia solita... adorabile Noemi. E quando è tornata... era felice, veramente felice... felice di ritrovarmi... di stare con me. Abbiamo passato una notte indimenticabile. Poi il giorno dopo sono andato al lavoro, ci siamo salutati... con un bacio...
Altro strozzamento. Vorrei evitare che scoppi in lacrime a un tavolo della Macelleria Pellegrini, per di piú è pure famoso e rischierei di finire su «Vippissimi oggi» come la nuova amante che fa piangere Giorgio Santafede, quindi gli pianto un'unghia nella mano.
– Ahia, – si ripiglia. – E quella sera, quando sono tornato a casa, lei non c'era. Non c'era lei, non c'erano i suoi vestiti, non c'era piú niente. Nel bagno non c'era piú lo

spazzolino, nell'armadietto lo shampoo... nulla. Era come se non avesse mai abitato lí. Per dire, sul frigo aveva attaccato una foto della sua festa di compleanno degli otto anni. Sparita.

– Ehi! C'ero anch'io allora! Io c'ero alla festa degli otto anni! Ce l'ho anche io quella foto! Sono la bambina bionda con in braccio il Cicciobello nero.

Santafede mi guarda come se non capisse il significato della parola «bionda».

– Sparita, – ripete senza degnami di un commento. – Se ne era andata, cosí. Senza preavviso, senza un litigio… senza neanche un piccolo disaccordo. Dalla perfezione al nulla, in una mattina di settembre.

– E poi?

– Niente. E poi niente. Mi aveva lasciato un post-it…

Con mio grande orrore, quest'uomo tira fuori dal portafoglio un post-it giallo tutto ciancicato, e me lo porge. Eh sí, è la scrittura di Noemi, me la ricordo, con quelle lettere tondeggianti come giovani soprano.

«Io me ne vado, – leggo muta, mentre Giorgio mi guarda, e di sicuro ripassa fra sé quelle parole a memoria. – Ho scelto una vita diversa. Spero di averti regalato almeno un ultimo giorno, e un'ultima notte, perfetti. È il mio dono di addio. Non hai fatto niente di male e in un certo senso ti amo ancora, quindi non rimuginare e non darti colpe. E non cercarmi. Da oggi Noemi Pontini non esiste piú. Grazie per questi anni bellissimi, ti ho lasciato in freezer 16 monoporzioni».

– Sedici monoporzioni? – ripeto perplessa.

– Sedici, sí. Preparate da lei. Quattro minestroni, quattro spezzatini diversi con verdure, quattro sughi per la pasta, quattro mini torte salate. Non li ho mai mangiati.

– Buttati?

– Tenuti in freezer per sei anni, poi li ha buttati mia madre.

Caspita, questo è malato forte, penso.

- E naturalmente l'avrai cercata.
- Certo che l'ho cercata. Perché capisci...
Niente. Lilli proprio non gli viene.
- Perché capisci, mi sono aggrappato a quel «in un certo senso ti amo ancora». Se mi ama ancora, ho pensato, in qualunque senso sia, riuscirò a convincerla a tornare da me.
- Ma?
- Ma è svanita. Ho parlato con tutti: sua madre, suo padre, Sonia, le altre amiche, ho chiesto a chiunque lei avesse frequentato nei dieci anni che siamo stati insieme...
- Quindi è sparita nel 2002?
- Duemilatre. Settembre 2003.
- Polizia?
- No. Una volta al mese telefonava a sua madre. Stava bene, era felice, ma nessuno doveva piú pensare a lei. Ho sempre sospettato che in realtà la madre sapesse dov'era, e che si tenesse il segreto, lei e Noemi sono sempre state come una cosa sola. Eppure quando Clelia è morta lei non è neanche venuta al funerale. Io ci sono andato –. Pausa, poi ammette: - Ero affezionato a Clelia, ma ci sono andato soprattutto perché speravo di vedere lei. Invece niente. Non si è presentata. Adesso telefona a suo padre una volta all'anno. Per dirgli che è viva, sostanzialmente. Ho provato a far mettere il telefono sotto controllo al padre, ma lei lo chiama ogni anno a un numero diverso: il suo, quello di uno zio, di una cugina suora, di un amico del Bar Sport... Quando non parla con lui, il messaggio che lascia è sempre lo stesso: dite al babbo che sto bene. Fine.
Giorgio si accascia sul piatto (vuoto, ho finito io le patate).
- Scusa, ma sono passati sedici anni. Ancora stai cosí? Ti sei sposato due volte.
- E ho tre figli. Ma nel mio cuore, nel mio cervello e in altre parti di me che non nomino per delicatezza c'è un buco a forma di Noemi. Nessun'altra l'ha riempito.

Stiamo zitti per un attimo, mentre io mi chiedo come introdurre l'argomento «Prenderei un dolce».

– E tu? – riprende lui mentre faccio un cenno discreto alla cameriera. – La cerchi anche tu?

– Sí, beh... meno. Però sí, la cerco. Eravamo migliori amiche alle elementari... ultimamente ho ripensato a lei, e non sono riuscita a rintracciarla. Non so... avevo paura... poteva essere morta, o in carcere, tipo *Vis a vis*, hai presente?

– Non è morta e non è in carcere. Sai... – sforzo supremo... ce la fa! – Sai... Lilli, io un'idea me la sono fatta. Noemi è stata fagocitata da una setta.

Fagocitata. Che bella parola. È difficile, avere l'occasione di usarla, ma lui ci è riuscito. Del resto, non si è direttore di un TG per caso.

– Non so... non mi sembrava il tipo da farsi fagocitare. L'ho usata anche io.

– La chiave di questa storia – mi spiega Giorgio, mentre per magia arrivano sul nostro tavolo due coppette di tiramisú destrutturato – è nella settimana che ha passato ad Ameglia.

– Eh sí. Immagino. Se è stata una settimana lí e appena tornata ti ha piantato...

Freme. È evidente che l'espressione «ti ha piantato» lo urta.

– Sicuramente ha conosciuto qualcuno, – dice.

– Tipo un altro uomo?

Santafede scuote la testa, come un professore a cui hai dato la risposta sbagliata.

– Me lo avrebbe detto. Sarebbe stato orribile ma può succedere. Non avrebbe avuto motivo d'ingannarmi. Non sono il tipo che l'avrebbe ammazzata se mi lasciava.

– Forse non ne era sicura... forse pensava che avresti anche potuto ammazzarla.

– No. E comunque perché svanire del tutto? Anche coi suoi, con le amiche... No, ti assicuro, qualcuno l'ha irretita, ma non è un altro uomo.

Anche irretita è una bella parola, e fa parte dell'ampia famiglia «inganno e sottomissione» che Giorgio Santafede mi sciorina per un'altra mezz'oretta, per spiegare la scomparsa volontaria di Noemi. Il ventaglio va da «si è fatta monaca di clausura» a «è diventata satanista» a «si è ritirata nel buddhismo da qualche parte nelle campagne toscane o sui monti del Tibet». Io piú lo ascolto piú penso che forse Noemi semplicemente non ne poteva piú di Giorgio Santafede, ha tenuto, tenuto, tenuto e poi BUM, come la valvola della pentola a pressione.

E il pensiero della pentola a pressione mi porta a una irresistibile domanda, che rivolgo a Giorgio mentre ci allontaniamo dalla Macelleria Pellegrini:

– Senti... Noemi era sempre fissata con la casa? Sai... ordine, pulizia... pattine...

Lui si inumidisce tutto di nostalgia:

– Fissata... non era fissata... per lei era natura, come aprire gli occhi al mattino... in casa nostra tutto splendeva e profumava, ogni cosa era al suo posto, non esistevano caos e ribellione. Gli oggetti collaboravano, perché Noemi sapeva come fare.

– Non avete mai avuto una colf?

– Mai. Sarebbe come chiedere se abbiamo mai avuto una sedia a rotelle per camminare.

Annuisco. Certo. Che stupida.

– Lilli... – Giorgio si ferma, mi mette una mano sul braccio e mi guarda. Piú che guardarmi, finalmente mi vede, direi.

– Troverai Noemi?

La risposta giusta è: non credo, lo ritengo altamente improbabile. Eppure, forse perché si è ricordato il mio nome, gli mento a testa alta: – Te lo prometto, Giorgio. E tu sarai il primo a saperlo.

SCATOLE

Ci sono. L'ho capito, finalmente. È molto utile scrivere queste schede per te, Iris, perché sono costretta a contemplare anche oggetti che normalmente fluiscono dentro di me senza diventare pensieri. Prendi le scatole: non mi sono mai chiesta perché mi piacciono tanto, perché ne comprerei a decine, perché per me è molto piú difficile resistere a una scatola che a un rossetto. Eppure anche i rossetti mi piacciono. Ne ho sette. Sono tanti, e posso tranquillamente entrare in profumeria senza sentire lo stomaco che si stringe dalla voglia di comprarne altri sette. Le scatole invece non sono mai abbastanza: le scatole di cartone in misure crescenti di Viridea, con quei fiori! Le scatole di argento sbalzato, che naturalmente non è argento perché costano 8 euro, nel negozio di artigianato etnico. Le scatole delle colombe e dei panettoni... Io compro panettoni e colombe nelle scatole di latta perché voglio le scatole di latta. Le scatole dei cioccolatini, perfino le scatole da scarpe mi piacciono, eppure in fondo quanto è brutta una scatola da scarpe? E poi un giorno, mentre tornavo in treno da Milano e ripensavo a certe scatole molto funzionali che avevo visto da Muji, ho avuto una specie di visione. Ero un po' intontita perché a pranzo avevo mangiato due dolci, il mio e quello di Giorgio Santafede, e mi sono vista passare davanti agli occhi una scatola di Muji con dentro seggioline, un tavolino e dei rocchetti di filo da cucire impilati come una specie di opera d'arte. E ho capito. Le scatole, cara figlia, non sono altro che piccole case da riempire. Tante scatole insieme formano una città di vite minuscole, finta come la Londra della "Carica dei 101" o la Parigi degli "Aristogatti". E la sera prima di addormentarti pensi a tutte le tue scatole e ti senti come Zeus sul monte Olimpo che contempla il mondo dei mortali. E non solo: chi ha tante scatole come me ne dimentica il contenuto, e ti auguro che succeda anche a te, cara figlia, di aprire una scatola dopo un bel po' di tempo, sarà come Natale anche se è il 7 maggio o il 12 ottobre: guarda! E chi si ricordava che avevo un caleidoscopio, tre cartoline dei cieli di Turner, un rosario brasiliano di plastica verde?

14. Johntaylor

Alla fine di questa lunga intervista tipo *In Treatment* con Giorgio Santafede, mi restano un luogo e una data: Ameglia, agosto 2003. Se lui ha ragione, è lí che bisogna cercare. Ma penso che, per quanto mi riguarda, basta cosí. Altrimenti diventa una serie Netflix, in cui lei parte alla ricerca dell'amica, va a Ibiza, scopre un traffico di droga, viene rapita dai russi, sposa uno stilista gay con molti segreti, e via cosí fino alla quinta stagione. Non posso. Ho già perso abbastanza tempo, con questa storia. Devo mandare avanti una casa e una famiglia, anche se parte della famiglia è a Venezia e parte passa le sue giornate negli uffici tecnici dell'Assessorato all'Ambiente. Tanto per dire, non ho ancora affrontato l'armadio della biancheria, con il suo misterioso sottotesto di oggetti che non c'entrano. E poi vorrei dedicare un pomeriggio intero a pulire gli argenti. Ho pochi argenti, ma quei pochi fanno da sempre vita grama: siccome non mi piace vederli bruniti e ottusi, ma non potevo distogliere Daniela da compiti piú essenziali tipo lavare i bagni per affidarle la lucidatura di candelabri, vassoietti e teiere, li nascondevo. Tutti insieme in fondo a un armadietto, condannati al buio. Ma adesso, ora che le lunghe giornate si srotolano davanti a me frementi di possibilità, ho acquistato una confezione king size di Argentil, e domani, invece di perdere tempo con Noemi e i suoi ex maniaco-ossessivi, mi dedicherò a riportare alla vita quei poveri sequestrati. Mi viene in mente un film che citava sempre mia nonna, quella paterna, quella che mi regalava servizietti da tè per le bambole in segno di garbato rimprovero per mia mamma. Il film *I sequestrati di Altona*. Chi era questa Altona? Stasera devo cercarlo su Google.

Intanto sono scesa dal treno a Porta Susa, perché per arrivare va benissimo anche lei, e sto per prendere il bus che mi porterà passabilmente vicina a casa. Ma...

Mentre attraverso via Cernaia diretta alla fermata, suona il telefono. Alice. Eh già, vorrà sapere. Ma non adesso.

– Alice ciao ti chiamo appena arrivo a ca...

– Dove sei?

– Sono scesa adesso dal treno, sto per prendere il 13.

– Prendi il 13 ma nell'altra direzione: scendi in Gran Madre e passa da me, poi ti accompagno a casa io in macchina che devo andare a recuperare Neve.

Sono stanca, ma sono anche abbastanza curiosa di vedere la casa di Alice Lampugnini. E anche di sapere chi o cosa è Neve. Sarà una figlia o un cane?

Entro in uno di quegli androni freschi e ombrosi tipici della mia città, di quelli che hanno ancora le cassette della posta a formare un grande rettangolo di legno lucido e vetro e targhette di ottone.

Anche l'ascensore è sfuggito a ogni forma di ristrutturazione, è grande come un monolocale e ha perfino la panchetta. Schiaccio 3 e parte traballando leggermente, come se ogni viaggio fosse l'ultimo.

– La panchetta! – dico ad Alice quando mi apre, e mi fa entrare in un lungo corridoio con talmente tante porte che sembra un sogno in un film di Hitchcock.

– Che panchetta? Vieni.

– Il tuo ascensore ha ancora la panchetta!

– Sí? Non lo prendo mai.

E certo. Lo vedo, Alice, che non prendi mai l'ascensore. Non so se le donne hanno la tartaruga, ma se ce l'hanno tu di sicuro ne possiedi una.

Mi porta in cucina, una cucina immacolata, sembra di stare all'Ikea, non mi stupirei se il frigo fosse vuoto e la lavatrice senza tubi. Alice si guarda intorno con interesse ma senza la minima familiarità, e chiama: – Antares!

Niente. Non arriva nessuno. Alice sbuffa e mi fa segno di sedermi. – Vuoi bere qualcosa? Tipo Coca o Fanta? Per il caffè bisogna aspettare che arrivi Antares perché io non sono pratica.

La guardo. – Alice. Non ci va una scienza per fare un caffè. Se hai una moka lo faccio io.

– Una che?

– Mi hai chiamato, mà?

Sulla porta appare, e mai verbo è stato piú appropriato, un dio adolescente di perfetta bellezza caffelatte, naso dritto, capelli ondulati, spalle armoniose, lunghe gambe. Una meraviglia.

– Ci fai un caffè? Lei è Lilli. Lui è Antares, il mio secondo.

– Quello che stava con la figlia di Sonia Lavezzi?

– Eh sí. Te la ricordi Luce? – chiede rivolta a lui, che la guarda facendo fluttuare un ventaglio di ciglia, e non risponde.

Poi ci fa il caffè e scompare in una nuvola dorata, e io racconto abbastanza per filo e per segno ad Alice la conversazione alla Macelleria Pellegrini. Concludo dando le dimissioni dal caso Noemi.

– Quindi amen. Probabilmente ha ragione lui. Si sarà fatta fagocitare da una setta. Non ho intenzione di perdere altro tempo. Pazienza. Peccato, ma pazienza.

Alice annuisce. In fondo non mi dispiacerebbe che protestasse e tentasse di convincermi, che dicesse qualcosa come «Insieme abbiamo cominciato questa avventura e insieme dobbiamo portarla a termine». Me la immagino che posa la tazza dell'orzo, mi prende una mano e dice: «No, Lilli... no. Non dobbiamo arrenderci. Da qualche parte, nel mondo intorno a noi, Noemi Pontini attende che la ritroviamo. E se la avessero rapita i jihadisti, come quelle studentesse in Nigeria? E se fosse un mistero vaticano anche lei? Non è possibile che ti sia venuta in mente per caso, di sicuro è un messaggio che le misteriose forze e correnti della vita hanno piantato nel tuo cervello e che tu successivamente hai piantato nel mio. Ora andremo avanti insieme, finché non avremo scoperto cosa è successo a Noemi!»

Ma Alice Lampugnini tanto per cominciare non è il tipo che prende la mano a qualcuno. Annuisce, posa la tazza, e dice:

– Se hai deciso cosí. Andiamo? Devo passare a prendere Neve e intanto ti accompagno.

In corridoio, grido un «Ciao!» a caso, sperando che raggiunga il fulgido Antares. Facciamo le scale a piedi, naturalmente, e quando siamo in macchina, una roba grossa metallizzata argento, mi rendo conto che probabilmente dopo stasera non vedrò mai piú Alice Lampugnini, e quindi tanto vale farle qualche domanda indiscreta.

– Antares è bellissimo, – le dico. – Sono tutti cosí stupendi, i tuoi figli?

Alice riflette. – Ma sí, tutto sommato sí.

– Maschi? Femmine?

– La maggiore è una ragazza, ha vent'anni.

– Nome?

Alice si volta a guardarmi, poi fa un impercettibile sospiro.

– Va bene. Aspetta.

Dopodiché non dice piú niente fino a quando non arriviamo davanti a un portone in una traversa remota di corso Casale. Accosta, spegne il motore, mi guarda.

– Soddisferò la tua curiosità, visto che probabilmente non ci vedremo piú.

È quello che ho pensato anch'io, ma sono una donna banale, e banalmente protesto:

– Dài, e perché? Ora che ci siamo ritrovate... possia-

mo sempre andare insieme da McDonald's, io a mangiare e tu a dimagrire.
　Scuote appena il carrè biondo. – Ho raggiunto il peso forma, grazie. La mia figlia maggiore si chiama Ondina, ha vent'anni, il padre è un ragazzo svedese che ho conosciuto al mare ventun anni fa. Io ne avevo ventisei, lui diciotto, e quando mi sono accorta di essere incinta l'estate era finita e lui era tornato a Uppsala. Tre anni dopo è nato Antares, grazie a una vacanza a Sharm, e a un cameriere del resort, mai piú visto. Poi c'è Neve, quindici anni, che in questo momento sta finendo la lezione di yoga al terzo piano di questo palazzo. Suo padre è un bellissimo idraulico che è venuto ad aggiustare una perdita nel mio bagno. Il piú piccolo è Johntaylor, scritto tutto attaccato. Un omaggio. Undici anni, figlio di un astronomo che vive a Siracusa. Persona meravigliosa. Nessuno di loro sa di essere padre dei miei figli, tranne l'astronomo, che per fortuna ha una moglie fantastica.
　– Ah. Non mi aspettavo questo epilogo. Cioè, perché non l'hai sposato tu?
　– Sono avversa al matrimonio e alla convivenza, e comunque lui era già sposato quando sono rimasta incinta.
　– Alice, ma usare qualche precauzione?
　Mi guarda indignata: – Ne ho usate eccome! Se no hai idea di quanti figli avrei, alla mia età?
　– E questi?
　– E questi sono capitati e li ho tenuti. Li hanno allevati per lo piú i miei genitori, finché una volta, non ricordo perché, metti cinque o sei anni fa, sono andati tutti e quattro in vacanza dall'astronomo, e la moglie si è affezionata. Lei non può avere figli. Cosí adesso passano un sacco di tempo lí, con loro. Soprattutto Johntaylor, ma anche gli altri.
　– A me piaceva di piú Simon Le Bon, – le dico incongruamente.
　– Uff. Non c'è storia.
　Il portone si apre e una stupenda ragazzina con la fac-

cia da strega e i capelli rossi ci saluta con la mano e sale in macchina.
– Namaste, – mi dice.
– A te, – le rispondo, e Alice mette in moto.
Mi lasciano sotto casa. Addio, Alice Lampugnini.

IL FRIGORIFERO

Non bisogna lasciarsi scoraggiare dal frigorifero, anche se assomiglia alla Jungla di Mompracem. Quando lo apro e vedo di fronte a me un caos di contenitori e piattini, pentolini e involti, non dovrei richiuderlo subito pensando: lo faccio domani. Ricordati bene questo, Iris: «Lo faccio domani» è la peggior trappola nella vita di una casalinga. Perché quel domani non arriva mai, il frigorifero accumula disordine e caos, e poi arriva il giorno in cui apro il cassetto delle verdure, vedo tutto quel sedano marcio e allora dico BASTA e ci passo il pomeriggio. Se invece tu, una volta alla settimana, diciamo il martedí, lo pulisci e riordini, ti manterrai sempre sotto il segno rosso del coraggio. Solo affrontandolo con regolarità si possono tenere sotto controllo i misteri della Jungla Nera. Altrimenti poi arriva il momento in cui mi servono i capperi, e i capperi per loro natura stanno in un barattolo molto piccolo, e sui due ripiani centrali i barattoli sono una foresta: senapi assortite comprese molte in via di estinzione, olive taggiasche o non taggiasche, snocciolate o nocciolate, antichi yogurt, maionesi, vasetti di 'nduja e altre sostanze che al momento non ho tempo d'identificare, perché cerco i capperi, e sposto, impreco e urto, finché vedo il barattolino giusto giú, giú in fondo al ripiano, nel folto della giungla, dietro una radura di bambú, circondato dagli echi delle scimmie e dal sommesso ruggito di Darma, la tigre di Tremal-Naik. Allungo la mano per prenderlo ma la mano resta appiccicata, perché spesso i barattolini in frigo risultano vischiosi, allora raccolgo le forze e lo tiro verso di me, sperando che la spada di Suyodhana non piombi a troncarmi le dita. Chi tiene il frigo in ordine, Iris, non rischia d'imbattersi nei Thugs. Non dimenticarlo.

15. Fitzcarraldo

Quando entro in casa noto subito un eccesso d'illuminazione. Stanze e stanze inondate di luce, la cucina che sembra il palco di Sanremo e la tavola preparata con... attenzione... un vaso pieno di dalie al centro. Il fatto che sia apparecchiato per due esclude ospiti, e quindi? Che succede? Scarto rapidamente il suo e il mio compleanno, io sono di luglio e lui di dicembre. Anniversario di nozze? Settimana scorsa, passato assolutamente sotto silenzio.
– Lilli!
Francesco arriva in cucina mentre ancora mi guardo intorno perplessa, mi abbraccia forte e sussurra:
– Ben tornata, amore.
Allora. Tutto questo è bello, ma è sicuramente una conseguenza, o una premessa. Mi balena l'ipotesi che si tratti di gelosia: sa che oggi ho visto Giorgio Santafede, gli è preso male all'idea che invece di parlare di Noemi alla Macelleria Pellegrini ci siamo fiondati nel primo hotel per praticare del torrido sesso, e adesso vuole marcare il territorio. Okay, per il torrido sesso ci sto, fammi solo posare un attimo la bor...
– Stasera festeggiamo una grande notizia.
Ah. La borsa la poso comunque.
– E cioè?
– Si va in Brasile!

Non sarebbe una grande notizia neanche se il viaggio in Brasile fosse una vacanza. Tipo: Lilli, Sorpresa! Partiamo la settimana prossima, quindici giorni a Rio. Avrei sorriso, ma falsa. Perché io NON desidero andare in vacanza a Rio. Desidero andare in vacanza, ad esempio, a Praga. A Budapest. A San Pietroburgo. A come si chiama una qualsiasi capitale degli stati del Baltico. In Scozia, Irlanda, Germania. Svezia Danimarca Finlandia Norvegia. Sono intensamente, intrinsecamente europea, e non m'interessa visitare altri continenti. In particolare luoghi esotici. Siberia al limite, perché no, Mozambico non se ne parla, Brasile faccio a meno.

Però avrei abbozzato. So che invece per Francesco i tropici e gli equatori sono i sogni della vita, e siccome quando ci siamo sposati ci credevo, a «in salute e malattia, ricchezza e povertà, Budapest e Rio...», allora okay, ero già lí pronta a fare il finto sorriso felice, braccine alzate, gridolini, evviva, ma secondo te mi porto ancora il bikini o sono già definitivamente passata all'intero olimpionico?

E invece no. Non era una vacanza. Adesso siamo qui, sempre nella cucina Teatro Ariston, sempre con le dalie, e con le lasagne verdi prese in gastronomia che si seccano pian piano in forno, ad affrontare una potentissima crisi coniugale.

– Un anno in Brasile? – ripeto da mezz'ora, in tono oltraggiato, aggiungendo tutta una serie di varianti: e Iris? E la casa? E i tuoi? E mia mamma? E la mia vita?

– Cazzo, Lilli! Ero cosí felice! Ho pensato che era il momento giusto! Che per un cazzo di miracolo mi avevano offerto questa cosa esattamente al momento giusto: tu non lavori e non vuoi lavorare, Iris studia a Venezia, mia sorella ha preso casa a un passo dai miei, cioè, è tutto a posto! Si può sapere che problema c'è?

– C'è che io non sono pronta. A partire fra un mese per trasferirmi in Brasile. Ho... tutta la mia vita qui.

E poi, fosse Rio de Janeiro. A Brasilia, vuole andare. Una città senza neanche una chiesa barocca. Almeno, se proprio dovevamo andare in Sudamerica, non poteva essere il Perú, che qua e là sembra la Spagna del Seicento? Ma Brasilia!

Il problema è che HA GIÀ DETTO DI SÍ. Senza neanche chiedermelo. Ha baciato il pavimento dell'ufficio tecnico, quando gli è arrivata l'offerta di trasferirsi per un anno a Brasilia per studiare non so che cosa e non lo voglio sapere, comunque un qualcosa che poi si potrebbe applicare al nostro verde urbano, e ditemi com'è possibile che una cosa studiata a BRASILIA possa servire a TORINO.

– Beh, forse tu non lo sai, ma Brasilia è stata progettata da Don Bosco! – mi ha strillato a un certo punto Francesco.

Naturalmente non è vero, Don Bosco al massimo l'ha sognata, ma è per dare un'idea dell'accanimento. Dopo un po', le posizioni si sono attestate, fra lacrime, abbracci e buoni propositi: lui avrebbe detto alla merdosissima fondazione che gli ha offerto il lavoro (stipendio stellare, Assessorato che gli concede l'anno sabbatico, non un ostacolo, maledizione) di avere ancora bisogno di una settimana per decidere, sai che sforzo, e io avrei cercato di convincermi che un anno in Brasile non è la fine del mondo.

– Le faccende di casa puoi farle anche lí, – ha ironizzato il simpaticone.

– Un anno senza vedere Iris.

– Se avessero offerto a lei un anno di studi meravigliosi in Australia l'avresti mandata senza batter ciglio.

Okay, ma è diverso: figlio che se ne va a studiare per un anno, movimento naturale della vita. Mamma che va per un anno in un buco costruito senza un vero perché negli anni Cinquanta, movimento assurdo della vita.

– L'hai visto quel film l'altra sera, no? Il tipo che attraversava la foresta amazzonica con una nave? È un posto pericoloso, con troppa vegetazione, un casino d'insetti, gli incendi, i tupamaros!

– I tupamaros erano in Uruguay negli anni Settanta e noi andiamo a Brasilia, non a Manaus!
– È lo stesso!
Alla fine, per stanchezza, smettiamo.
– Ne parliamo domani, va bene? – Francesco si è placato, mi sorride paziente, ma io lo so che pazienza è. È la pazienza di chi è certo che comunque alla fine vincerà. Lo odio.
Mangiamo in un silenzio innaturale, con la tele accesa su *4 ristoranti*, un programma che piace molto a tutti e due. Fingiamo di commentarlo come al solito, ma niente è come al solito, stasera.
Poi lui va a rintanarsi da qualche parte, immagino per telefonare a Piero e lagnarsi di me, ammesso che Piero in questo momento non si stia sbomballando Bunni in qualche ufficio della Regione.
Visto che niente può peggiorare il mio umore, ne approfitto per svuotare la lavastoviglie, un'attività che detesto, e che cerco di solito di fare in trance, senza quasi rendermene conto. Ma stasera la affronto con dolorosa consapevolezza. Eccoti qua, maledetto cestello delle posate, ora ti tolgo un cucchiaino alla volta.
Neanche la terza stagione di *Revenge* mi rimette di buon umore. È spuntato dal nulla un figlio di Victoria, ed Emily vuole farsi uccidere per finta in modo che Victoria vada in prigione. Non sono d'accordo: secondo me farsi uccidere, anche per finta, è molto pericoloso.
La notte dormo malissimo, ogni volta che mi assopisco mi sveglio di soprassalto pensando no, il Brasile no. Meno male che domani vedo Cecilia. Lei saprà mostrarmi le cose sotto un'altra luce.

E infatti. Siamo al parco, anche oggi, perché la sua minicasa locale è qui nei pressi, in una via chiamata Bidone. Le ho appena illustrato la tegola e il mio dilemma: chi dei due devo costringere a fare una cosa che proprio non vorrebbe? Me ad andare, o lui a dire no, scusate, scherzavo, non ci vado?

Cecilia mi guarda con gli occhi trasparenti che le vengono quando non capisce o non vuole capire.

– E perché dovreste? La soluzione non è tanto complicata, tesoro. Lui va e tu resti, cosí siete felici tutti e due. Anzi, siete piú felici. Lui piú felice che se tu andassi, tu piú felice che se lui restasse.

– Un anno lontani? Ma no! Non è possibile!

– Figurati. Vi sembrerà troppo breve.

– E smettila. Lo sappiamo che tu sei contro il matrimonio e bla e bla, ma io e Francesco stiamo bene insieme, quando è via mi manca. Non ci penso neanche a stare un anno senza vederlo, dài! E poi lui non andrebbe mai da solo.

– Andrebbe, andrebbe. Okay, sentirebbe la tua mancanza, ma sai quanto sentirebbe anche la sua libertà? Potrebbe dedicarsi al mille per mille a quelle sue dannate piante tropicali, senza chiedersi se tu stai bene, se ti diverti, o se mentre guardi quella kenzia in fiore rimpiangi disperatamente di non essere ai saldi di Zara.

Taccio. Certo che di fronte a una kenzia in fiore rimpiangerei i saldi di Zara. O forse, adesso, le superofferte di Tigotà.

– E tu? Sai che palle, pensare per un anno che lui sotto sotto si maceri nel rimpianto per il Brasile e sempre sotto sotto te ne faccia una colpa?

– Ti sbagli, Ceci. Non lo farebbe sotto sotto, lo farebbe sopra sopra.

– Ecco. Lo vedi. Guarda, in un mondo ideale, costruito a nostra immagine e somiglianza, questa offerta non avrebbe dovuto essere fatta, ma già che è stata fatta, non esiste una soluzione veramente libera da risvolti negativi. Di sicuro, però, la meno peggio è che lui vada e tu resti.

– E se incontra un'esperta di piante tropicali che s'insinua nottetempo nella sua tenda?

– E se tu incontri un rappresentante della Folletto identico a Johnny Depp vent'anni fa?

Ne discutiamo ancora un attimo, poi passiamo agli altri argomenti all'ordine del giorno: Angelo e i suoi figli africani, la fine della ricerca di Noemi.

– Vado a passare il weekend da lui, – mi dice Cecilia, e mi stupisce.

– Alla cascina? Coi bambini, i filari d'uva e tutto?

– Sí. È l'unica. Continuo a pensarlo, smanio di vederlo, ma dopo un weekend con tre bambini sarò troppo felice di fargli una croce sopra.

– Attenta. Per irretirti lui potrebbe sedarli e farli sembrare degli angeli fino a domenica sera.

– Beh, se li vedo fermi su una sedia con l'occhio a palla, lo smaschero. E tu? Hai rinunciato a questa tua Noemi?

Alzo le spalle. – Non mi sembra piú cosí importante. Anzi, – mi correggo. – Trovarla non mi è mai sembrato importante ma mi sembrava divertente. Adesso non mi sembra piú cosí divertente.

– E la tua socia? Alice?

– Ha già mollato. No, sono cazzate, Ceci. Adesso devo concentrarmi su questa cosa del Brasile. Capire cosa voglio fare.

– L'hai già capito. Ora devi solo dirlo forte.

SVUOTARE LA LAVASTOVIGLIE

Cara Iris, tu per ora la lavapiatti non ce l'hai, ma quando la avrai, in quello stesso momento, comincerai a odiarla. Ho pensato a questa cosa, ci ho pensato molte mattine mentre ero in macchina sulla tangenziale per andare alla Lussardi e come al solito non avevo svuotato la lavastoviglie dicendomi: lo faccio stasera, e poi la sera mi maledicevo per non averlo fatto al mattino. Pensavo non so perché a storie d'ingratitudine, tipo i miti greci, quando gli dèi fanno qualcosa per la ninfa o il pastore e poi la ninfa o il pastore cercano di fregarli, oppure alla vecchina nella bottiglia dell'aceto, te la ricordi, era una fiaba che ti raccontavo quando eri piccola. Perché anche il nostro rapporto con la lavapiatti è una storia d'ingratitudine. Ci piace che lavi ciò che noi sporchiamo, ma detestiamo sia riempirla che vuotarla. Lo facciamo solo perché non c'è scelta, ma rimandiamo sempre. Almeno, IO rimando sempre, lascio i piatti sporchi nel lavandino, lascio i piatti puliti nel cestello, e da quel che mi risulta molte altre persone fanno lo stesso. Si fa proprio solo quando non c'è quasi piú niente di pulito nell'armadio, e si fa sbuffando. Non ci basta che lavi i piatti, vorremmo anche che con due braccini elettronici se li prendesse dal lavandino disponendoli alla perfezione, e che alla fine gli stessi braccini li estraessero, impilando tutto sul bancone. E il cestello delle posate? Quanto odiamo dividere coltello da cucchiaio, forchetta da cucchiaino! Siamo ingrati. E arriviamo al punto di lavare i piatti a mano pur di non dover svuotare la lavastoviglie. Zia Ludo fa cosí. Ce l'ha, perché la nonna gliel'ha regalata, ma non la usa, o la usa solo in casi eccezionali. Non va bene, questo. Dovremmo provare affetto e gratitudine per lei. Pensiamo a cosa sarebbe il pranzo di Natale se non esistesse. Quindi non fare come la vecchina nella bottiglia dell'aceto, e sii grata alla lavastoviglie. Immaginala come una dea che vuole un minimo di manutenzione. In fondo tutti gli altri dèi e dee che mi vengono in mente pretendono tanto. Lei solo di essere riempita, vuotata e ogni tanto pulita. Non suscitare la sua ira con l'ingratitudine, e se un giorno cercasse di mangiarti? Succede, l'hai letto quel libro di Stephen King, no, "Christine. La macchina infernale". Pensa avere Rosabella, la Lavapiatti Infernale. Attenta!

16. Chi è Samantha

È passato qualche giorno dalla fine del caso Noemi e sto lavando i vetri della cucina. Ho messo su Sky il canale di musica pop anni Ottanta e ondeggio lievemente con *Do You Really Want To Hurt Me*. Sono in pace. Ieri sera Francesco mi ha detto che forse la faccenda del Brasile salta. Ero talmente felice che sono riuscita a fare la faccia compunta.

– Mi dispiace. Per te. Cioè, lo so che ci tenevi.

– Ci tengo, non «ci tenevo». È ancora molto vagamente possibile. E tu?

– Io?

– Cominciava a piacerti, l'idea?

Per antica e consolidata abitudine, io non mento a mio marito. Quindi ho scosso la testa.

– No. Però chi può dire cosa sarebbe successo col tempo...

– Guarda che io ci spero ancora. È solo un problema di fondi...

Annuisco con falsa mitezza. Un problema di fondi, evviva! Non li troveranno mai, i fondi per mandare mio marito in Brasile a studiare le mangrovie o quello che sono. Mai.

Eravamo a letto, e c'era nell'aria una certa dolcezza intensa che poteva portare a fare cose. Bastava solo evitare lo scoglio Brasile, o meglio aggirarlo.

Francesco ha allungato una mano e mi ha tirato verso di sé:

– Sono sicuro che ti avrei convinta... se tu non avessi nemmeno un pochino di spirito di avventura, non saresti partita alla ricerca di quella tipa...
– Ho già smesso.

Poi non abbiamo piú parlato, ma adesso sono moderatamente ottimista. Per lo scampato Brasile, certo, ma anche perché ho evitato per un pelo un errore grossolano, e cioè lavare i vetri con carta di giornale, secondo l'iconografia classica. Mi ero già preparata «Robinson», il supplemento culturale di «Repubblica», non lo leggo mai, ma l'ho conservato apposta. Anche «Affari & Finanza» lo conservo per usi domestici. «Salute» invece lo butto via subito, appena Francesco lo porta a casa. Ho questa convinzione, che i supplementi di salute portino sfiga, e se li leggi ti ammali. Ma per un caso fortuito ieri ho parlato con mia cugina Rossella e lei mi ha detto che la sua colf usa il panno in microfibra perché i giornali di adesso non sono piú come quelli di una volta e lasciano giú l'inchiostro.

Fiuuuu!!! L'ho scampata bella. Ho messo da parte «Robinson», mi servirà per tenere in forma le scarpe, e ho usato un energico panno verdolino.

Osservo il vetro, ma l'alone c'è. Mi avevano detto che con acqua e aceto e microfibra non si forma, ma c'è. Forse perché li ho lavati col sole? Cerco sul telefono: LAVARE VETRI SOLE. Ed eccolo lí, lo sapevo: «Evitate di lavare vetri e finestre quando sono colpiti dalla luce diretta del sole: il calore li asciugherebbe subito lasciando antiestetici aloni». Ma neanche si possono lavare quando piove. Quando li devo lavare, questi vetri? Qual è il meteo che va bene? Nuvolo? Allora sto fresca. Da quindici giorni fa sempre bello, l'autunno è rimasto bloccato da qualche parte, e questo mi innervosisce. Sento che la mia carriera di casalinga per decollare ha bisogno del freddo.

Quando ho finito, appendo subito le tende pulite cosí

non vedo gli aloni. Ho lavorato bene, tenendo conto delle condizioni atmosferiche. Mi merito... cosa?

Sto avviandomi con finta noncuranza verso il barattolo della Nutella quando suona il telefono. Noooo! È Giorgio Santafede!

«Ciao! Ehh... come va?»

«Senti, ho pochissimo tempo. Ma mi sono ricordato solo adesso di una cosa che potrebbe esserti utile. Come vanno le ricerche?»

«Ecco... per ora...»

«Sei già andata ad Ameglia?»

«No, io...»

«Bene. Vacci con questa informazione in piú. Quando era ad Ameglia, ci parlavamo tutti i giorni... era tenera... adorabile... nulla faceva pensare...»

Oh Signore, ricomincia.

«Giorgio. L'informazione».

«Sí. Nulla lasciava pensare... insomma. Una volta, mentre parlava con me, le ho sentito dire: "Un attimo, Samantha"».

«Ah. E quindi?»

«E quindi hai un nome! Samantha! Questa Samantha potrebbe essere un'abitante di Ameglia! Non è un nome comune, rintracciala! Ciao, ti devo lasciare».

Riattacca. Samantha?

Porto le tende sporche nel bagno di servizio, le ficco in lavatrice e rovescio il cestone della roba sporca sul pavimento, in cerca delle cose giuste da abbinare. Per me, caricare la lavatrice è un po' come comporre un bouquet di fiori. Parto dalla cosa piú urgente, e creo. A volte faccio lavatrici tutte di tovaglie e tovaglioli. Sono facili: cotone, 60 gradi, qualcosa che levi le macchie. Le camicette delicate aspettano settimane e mesi nel cestone, soprattutto quando non c'è Iris a contribuire con i pigiamini di finta seta, le maglie di pura plastica costretta a sembrare lana o di altri tessuti sintetici che lei apprezza moltissimo, mentre a me ripugnano. Poi ci sono le lavatrici tutte scure, nero e blu e grigio e marrone (pochissimo marrone, in famiglia non lo amiamo). E le famose lavatrici di calzini. Ah, le lavatrici di calzini!

Sospiro. Distolgo il pensiero da quella inutile fatica. Devo parlarne a Iris, metterla in guardia: è inutile fare le lavatrici di calzini, non riuscirai mai comunque ad appaiarli tutti. Adesso però mi concentro sul creativo impegno di scegliere cosa lavare insieme alle tende. Sono tende di pizzo dell'Ikea, non mi ricordo il nome, costano poco, sono belline e si possono tagliare senza fare l'orlo perché non si sfrangiano. Se le lavo con eccessiva determinazione, diventano molli. Quindi vanno a 40 gradi. Perciò... mi guardo intorno...

- asciugamani no
- reggiseni sí
- mutande no
- canottiere sintetiche di Francesco sí
- T-shirt colorate? Sí, tranne quelle con i colori indiani. I colori indiani stingono, e sono una maledizione perché continuano a stingere anche dopo infiniti lavaggi. Sembra che si rigenerino, come la coda delle lucertole.

Faccio il mio bouquet, come se stessi componendo un cesto natalizio, e intanto penso a questa Samantha. Samantha... chi può essere? Idea! E se Noemi fosse diventata lesbica? E Samantha fosse colei che l'ha convinta a questo cambio di direzione? Sí, ma perché sparire? La gente diventa continuamente lesbica senza sparire, anzi, annunciandolo festosamente. Forse per non sciocare il Geometra Pontini? Ma nel 2003 c'era ancora qualcuno che veramente si scioccava se sua figlia gli diceva: Papà, c'ho la fidanzata?

Sí, probabilmente sí. Io sono sempre un po' frettolosa e superficiale, nei miei giudizi. Ho una mamma che ogni tanto si lamentava ad alta voce di non poter essere lesbica anche lei:

«Pensa come sarebbe comodo stare con una donna! Che rabbia che proprio non mi piacciano».

Probabilmente la fu Clelia Pontini avrebbe reagito diversamente, penso chiudendo il portellone e facendo partire la lavatrice. Ma se Samantha fosse stata anche terrorista, oltre che lesbica? Già mi torna di piú.

Rimetto la biancheria scartata nel cestone. Mi viene sempre un po' da consolarli, i jeans, gli strofinacci, le calzamaglie che questa volta non ce l'hanno fatta.

«Ehi ragazzi, tranquilli. Domani ne faccio un'altra».

– Pronto? Lilli? Sono il babbo.

Sí, ho anche un padre. I miei sono separati da trent'anni, mamma ha avuto diverse storie ma non piú convivenze, mio padre invece si è immediatamente risposato con una signorina di buon carattere che ancora lo sopporta. Non hanno avuto figli, e adesso che lui è in pensione e lei pure viaggiano che neanche Magellano. Ogni tanto perdo il filo.

– Ciao! Siete tornati!
– Sí, saremo qui fino a giovedí e volevamo vederti.
– E giovedí che succede?
– Partiamo. Ti ricordi? Facciamo la Transiberiana.

Eh no, non mi ricordavo. Combiniamo che vengono a cena stasera, e immediatamente dopo mi chiama Francesco per dirmi che ha invitato a cena Marcella e Piero.

– Ah, ok. Ci sono anche mio papà e Tatiana.
– Bene. Meglio. Marcella e Piero in questo periodo sono terribili, ma li ho invitati per dare tregua a lui, che a stare solo con lei sprofonda nei sensi di colpa e di risentimento.
– Esiste il senso di risentimento?
– Sí, quando ce l'hai con tua moglie perché non ti dà un buon motivo per piantarla.

Ho qualche dubbio sulla riuscita di questa serata, ma alla fine le cose vanno abbastanza bene: mio papà è chiacchierone, ed essendo appena tornato da un viaggio a Cuba cose da dire ne ha. Tatiana è allegra e Marcella fa la simpatica, mandando sempre piú in paranoia Piero. Ho preparato un risotto, arrosto di maiale con prugne e mele, insalata e gelato, cena veloce ma soddisfacente, e Piero per lo piú si è limitato a spostare il cibo da un punto all'altro del piatto.

Mentre preparo il caffè, Marcella mi raggiunge e chiude la porta della cucina.

– È guerra di nervi, Lilli.

– Lo vedo... ma... a che punto siete?

– Che lui ha capito che io ho capito che ha una storia con la Cometti ma fa finta di non aver capito e anch'io faccio finta di non aver capito.

Oh Madonna. Io glielo dico. Io adesso le dico che Eliana Cometti non c'entra nulla e che Piero se la fa con Bunni. Non sopporto di vedere questa donna essere cosí tanto stupida.

Ma poi? Andrà di là a urlare, e mio papà e Tatiana saranno in imbarazzo. Niente, non si può fare.

– Ok, – le dico invece. – Mi sembra ottimo. Fai cosí. Non capire. Finché tu non capisci, lui ha le mani legate. Non ti lascia.

– Troppo comodo. Ho deciso di passare all'azione. Me l'ha consigliato Lisa.

– La tua amica detective?

– Sí.

– Le hai restituito la palma?

– Certo, non mi serve piú. Ho tutte le prove.

Marcella controlla che la porta sia ben chiusa, poi si avvicina e sussurra:

– Parlano al telefono di notte.

– L'hai sentito?

– Sí. Faccio finta di dormire pesantemente. Lisa mi ha insegnato a russare per finta.

Caspita, vorrei conoscerla questa Lisa.

– Lui mi sente russare, si alza e va in bagno, chiude la porta e telefona. Io vado dietro la porta, ascolto per un po', poi torno a letto e mi rimetto a russare.

– E che dice?
– Che la ama, che la vuole, che non può vivere senza di lei, ma che per senso morale non può lasciarmi.
– Marci –. La prendo per le spalle. – Gli hai mai sentito dire «Eliana»?
– No, figurati. La chiama coniglietta la chiama, quel bastardo.

E certo, Bunni uguale coniglietta. Possibile che Marcella abbia cosí tante fette di salame sugli occhi?

– No no, non piangere che tra poco esce il caffè e dobbiamo tornare di là.

– E comunque domani ho appuntamento con la Cometti da Pepino. La affronto.

Che disastro. La Cometti negherà e scoppierà il bubbone. Mentre porgo le tazzine ai miei ospiti, penso che Piero e Marcella ricorderanno questa serata come l'ultima prima della tempesta. O magari la tempesta sarà cosí terribile da lavare via anche i ricordi precedenti. A volte lo fanno, le tempeste.

LAVARE A MANO

Il problema di lavare a mano riguarda strettamente i golfini, le maglie, i pullover, quel mondo lí. In lavatrice vengono bene se non hanno macchie, ma le mie maglie hanno sempre le macchie perché quando cucino mi schizzo. D'inverno, fatalmente mi schizzo su roba di lana. A volte fischietto e faccio finta di niente, metto tutto in lavatrice, vado giú pesante di detersivo ecologico per i delicati, imposto il programma lana e dopo un tempo ragionevole tiro fuori le maglie pulite, a parte le macchie.
Ogni tanto mi prende il nervoso di avere i golfini macchiati, e li lavo a mano. Il problema contro cui ti metto in guardia, cara Iris, è l'ammollo. L'ammollo è traditore. Perché per risparmiarci fatica e garantirci il risultato, cosa facciamo? Mettiamo i golfini in ammollo in acqua appena tiepida e Perlana o Woolite (lavare a mano dispensa dal detersivo ecologico) e usciamo dal bagno con un pensiero chiaro in testa: fra mezz'oretta vengo a lavarli.
Ma non succede mai. Quando va bene li lavo il giorno seguente, ma se sono periodi incasinati, tipo prima di Natale, posso anche dimenticare i golfini ad agonizzare in ammollo per tre o quattro giorni. La soluzione c'è: mettiti la sveglia nel cellulare. Certo, se poi fai come me, che dici «Ah già la roba in ammollo», la spegni e ricominci a guardare i prodotti per la casa su Amazon, è inutile.

17. L'effetto meringata

Oggi è giorno di cambio letto. Fa ancora abbastanza caldo e rimando il passaggio al piumone, per adesso siamo a lenzuola, coperta di lana rossa bordata di gros-grain e copriletto leggermente trapuntato. Piú due cuscini per dormire e altri quattro cuscini quadrati per stare appoggiati a guardare la tele. Faccio un grande mucchio di lenzuola e federe, le poso nel bagno di servizio e poi vado all'armadio della biancheria. Un momento che mi piace, prendere i rettangoli puliti e portare la pila in camera. Puliti, ma non necessariamente abbinati. Qualcosa mi è rimasto, della noncuranza domestica in cui sono stata cresciuta, ad esempio l'indifferenza al coordinato: lenzuola spaiate, asciugamani a caso, bicchieri diversi, piatti come capita, a casa mia è la regola, com'era la regola a casa dei miei genitori. Solo se ci sono ospiti tiro fuori servizi e posate identiche. Oggi prendo un lenzuolo di sotto bianco, un lenzuolo di sopra a fiori, una federa rosa e una azzurra per i cuscini da dormire, e quattro federe rosse, blu, a righe e a fiori per i cuscini quadrati. Con pazienza, perché per rifare il letto ci vuole pazienza, metto, tiro, piego, rimbocco, stendo la coperta, la liscio bella tesa, e alla fine sciorino il copriletto trapuntato tutto cosparso di grandi rose un po' sfogliate, metto i quattro cuscini, e voilà, fatto. Un caos di colori croccanti.

Mi fermo un istante sulla porta a guardarlo, e mi viene in mente che fare il letto è un po' come pulire la cucina. È pulire la cucina in piccolo. È il gattino, se pulire la cucina è la gatta. Faccende domestiche tra loro imparentate. Perché, come succede con la cucina, anche quando finisco di rifare il letto mi piace contemplarlo per un attimo, in pace, pensando a com'è bello cosí fermo e liscio, e a com'era brutto tutto per aria e disordinato. Il letto sfatto, un luogo letterario e poetico di prim'ordine, su di me non esercita alcun fascino. E mentre sto pensando a queste cose suona il cellulare, e vedo che è Marcella. Oddio. Ma da quando sono la sua migliore amica? Finché non l'ho incontrata dietro la palma ci vedevamo solo insieme ai mariti e parlavamo di supermercati e serie televisive. E a me andava benissimo cosí. Sbuffo, e rispondo.

– Lilli, ha confessato! – esordisce, neanche fosse un pubblico ministero di Scott Turow.

– Ma chi?

– La Cometti!

La Cometti? E cosa può aver confessato, quella geologa con le Vibram? Non certo di essere l'amante di Piero, perché non è lei, l'amante di Piero.

– Ha confessato? – ripeto, una famosa tattica per prendere tempo.

– Sí, è l'amante di Piero da sei mesi. Avevo ragione... quel bastardo senza onore!

– Ma... è sicura? Cioè, è sicura di essere l'amante di Piero?

Marcella giustamente sbuffa.

– Lilli, sei pazza? Certo che è sicura! Lo saprà, no, se ha una storia con mio marito?

– Ah, certo, sí sí, scusa. È che... non ci posso credere.

Quindi Piero come amante è bigamo? Tradisce Marcella sia con Bunni che con la Cometti? Giuro che non lo facevo cosí... cioè... è un botanico coi baffi!

– Solo che... solo che... – E scoppia a piangere.

– Marcella... senti... – cerco qualcosa da dirle, ma non sono pratica di donne cosí tanto cornutissime che neanche sanno quanto. E mentre cerco, la sento sussultare.

– Scusa... ti devo lasciare... arriva Piero. Ciao.
E riattacca.
Io guardo ancora per un po' il letto liscio e compatto, ma non ha piú lo stesso appeal.

– È stata una mia idea. Quando Piero ha saputo dalla Cometti che Marcella voleva vederla, non riusciva a capire perché. Ma la Cometti gli ha detto che Marcella era strana, che diceva cose tipo: «Dobbiamo parlare di mio marito». Quindi Marcella pensa che Piero abbia una storia con la Cometti. Cioè, donna simpatica e grande geologa, ma chi mai vorrebbe una storia con lei?
– Che ne sai? Magari a letto è insuperabile.
– Magari. Comunque, io le ho suggerito di andare all'appuntamento, confessare, e montare un bel torrone...
– Cioè?
– Cioè piangere, e dire che Piero l'ha appena mollata perché ama solo Marcella e non se la sente di continuare a tradirla. Che di lei non gli è mai importato nulla, che è stata lei a sedurlo a tutti i costi, che Piero riluttava, che alla fine si è fatto travolgere e per un po' ha creduto che fosse passione vera ma adesso è tutto finito e lui vuole solo la sua Marcellina.
– E la Cometti l'ha fatto? Perché? Dove sta la sua solidarietà femminile?
– In nessun posto. Per lei contano solo i rapporti di lavoro. È devota a me e a Piero perché facciamo squadra. Conta la squadra, Lilli mia.
– O magari ci prova gusto, a fregare Marci, perché è da sempre innamorata di Piero.
– Boh, forse, non ha importanza. L'importante è che si è prestata, e quell'altra ci è cascata.
– Cioè, lei se l'è bevuta?
– Fino all'ultimo goccio. Ha urlato e pianto, Piero ha chiesto perdono e pianto, c'è stato uno tsunami familia-

re pazzesco, ma adesso è spuntato... – Francesco disegna nell'aria una linea curva.
– L'arcobaleno.
Siamo in macchina, stiamo andando a cena da sua sorella Ludovica, e ho raccontato a Francesco della telefonata di Marcella, due giorni fa. Ho aspettato un po', ma lei non mi ha richiamata, non sapevo piú nulla, chiamarla io non volevo, e cosí alla fine ho chiesto a lui.
– L'arcobaleno, sí. Piero può continuare a vivere il suo grande amore con Bunni senza mettere a repentaglio le comodità domestiche. Deve solo imparare a stare un po' piú attento. Basta telefonate di notte.
– Ma è orribile.
Francesco annuisce. – Sí. Abbastanza. Ma per me l'importante è che Piero sia tranquillo e porti avanti la mappatura degli ippocastani.
– E certo! E la povera Marcella?
Siamo arrivati. Piazza Peyron, alberi, belle case. Qui abita Ludovica, e qui Francesco interrompe la conversazione.
– La povera Marcella l'abbiamo salvata per un pelo. Dài, prendi la torta. Attenta a non ribaltarla.
Perché è una meringata, creatura fragile.
Quando entriamo nell'ascensore, guardo con diffidenza l'uomo che mi sta accanto, mi sembra uno di quei cardinali del Seicento che ordivano trame con le loro amiche regine. E se ha ingannato anche me e io non me ne sono mai accorta? mi chiedo. Ma questo pensiero è subito spazzato via dalla consapevolezza che l'ascensore di mia cognata assomiglia molto a quello di Alice Lampugnini. E lí, con la meringata fra le mani, fragile quanto la illusoria felicità di Marcella, mi viene un poderoso attacco di nostalgia. Come, come ho potuto smettere di cercare Noemi disperatamente? Dove è finita l'ardimentosa Lilith degli anni Novanta?
Ah sí, perché io mi chiamo Lilith. Non Liliana. Quando sono nata, mia mamma ha voluto darmi il nome di quella che lei definisce «la versione per adulti di Eva». Appena ho

capito come mi chiamavo, ho iniziato la mia sorda battaglia per cancellare questo nome, se non dai documenti almeno dalla mia vita sociale. E sono diventata Lilli per tutti. Ma in fondo al cuore so di essere una Lilith. E mentre entro in casa di Ludovica e marito dottor Simone Gennari, e aspiro il profumo dei suoi nefasti pot-pourri, decido di riprendere la mia *mission*. E di arruolare una nuova complice.

L'ARMADIO DELLA BIANCHERIA

Iris, io te lo dico: una delle cose piú orribili che ho notato nella tua casa, se cosí vogliamo definirla, di Venezia, sono state lenzuola e federe infilate in quella scatola di plastica sotto il letto. Tutte stropicciate, cosí stropicciate che sembrano sporche anche se sono pulite. Non so se l'hai mai notata questa cosa, che le cose stropicciate sembrano meno pulite di quelle stirate. È una cosa assurda, tipo le scale di quello lí, come si chiama, che non capisci se salgono o scendono. Tra l'altro te l'ho detto, basta stirare per finta, solo le due superfici esterne del rettangolo. Lo so che a Venezia l'asse da stiro non ce l'avete, ma quando avrai una casa tua l'asse da stiro entrerà con naturalezza a farne parte. E anche un armadio della biancheria. In cui metterai la biancheria, lo sai perfino tu di cosa si tratta, inutile farti un elenco di lenzuola e asciugamani. Attenzione, però, perché in quell'armadio s'intrufolano anche presenze estranee, in cui t'imbatterai all'improvviso. Il sacchetto di quando andavi all'asilo, con ricamata sopra un'oca a punto erba. Ancora lí?
Sacchi di cellophane con la cerniera rotta che dovrebbero contenere i cappotti, se non avessero la cerniera rotta. Perché non li ho buttati?
Tracolle di borse a tracolla. Spazzole per abiti. Un pacchetto natalizio. Un pacchetto natalizio? Ah, ecco dov'erano finite le pantofoline cinesi per la figlia di Franca, che a Natale non le ho piú trovate e ho dovuto comprarle in fretta e furia Amico Sonaglino.

Un sacchetto raccapricciato pieno di lavori a maglia iniziati e mai finiti, gomitoli mangiati dalle tarme... e purtroppo i quadrati di quella coperta patchwork che mai si stenderà su un letto, perché avrà per sempre tredici quadratini.
Un materassino da mare rotto che però era cosí carino che forse avrebbe potuto diventare un tappeto in bagno, e aspetta da nove anni questa conversione.
Sono solo esempi, a testimonianza di un comportamento tipico di noi che abbiamo cura della casa: quando ci troviamo per le mani qualcosa che non sappiamo bene dove mettere, finisce nell'armadio della biancheria.

18. Superghiacciola e il paese dei bastoncini

«E quindi ho pensato di continuare a cercare Noemi, e di chiedere a Cecilia di aiutarci».

L'altra sera, dopo aver deposto la meringata nel frigo di mia cognata, e dopo aver ammirato il parquet lucidissimo del suo salotto, che non solo splende come la luna a mezzanotte ma profuma anche di boschi in primavera, ho chiesto di andare in bagno e da lí con tutta tranquillità ho mandato due messaggi a Cecilia e ad Alice: quando possiamo vederci? È urgentissimo.

Ho beccato una congiuntura favorevole: Cecilia ha qualche giorno libero, perché Isabella Valdieri si è ritirata in una beauty farm per un periodo di riflessione. Cosí stamattina io e lei ci siamo incontrate davanti alla grande chiesa che racchiude nelle sua profondità il Santo Graal e altre magie nere e bianche, e insieme siamo andate a suonare al citofono di Alice:

– Scendi?

Alice aveva proposto di vederci camminando, per non avere la sensazione di sprecare tempo.

«Devo fare diecimila passi al giorno, e posso benissimo farli con voi. Suonatemi che scendo».

Dopo due o tremila passi, ci racconta che sta programmando un videogioco per bambine dal titolo provvisorio *Superghiacciola e il paese dei bastoncini*.

– L'hai inventato tu? – le ho chiesto. Stiamo camminando lungo il fiume, e Cecilia tiene il viso in favore di sole per ravvivare l'abbronzatura.

– Ti pare. L'ha inventato una suora di Siena. Io devo svilupparlo.

– Puoi mollarlo per un giorno e venire ad Ameglia con me?

Questo sarebbe il mio progetto. Andare nel paesino dov'è scomparsa Noemi e cercare di scoprire cos'è successo lí in quella settimana di agosto.

– La gente non si ricorda cosa è successo sedici anni fa ad agosto, – obietta Cecilia.

– Dipende, – la corregge Alice. – Mio padre ha vinto al SuperEnalotto nell'agosto del 2000 e si ricorda anche cosa ha mangiato a cena la sera che l'ha saputo: fagiolini in umido e coniglio alla ligure.

– Era in Liguria? – chiede Cecilia, a cui interessa sempre tutto.

– No, era a Casale Monferrato, ma devi sapere che a Casale…

– No, non deve saperlo, – la interrompo. – E io neanche. Non è importante sapere perché a Casale fanno il coniglio alla ligure. È importante scoprire cos'è successo a Noemi Pontini. E con voi due ce la farò, perché tu sei analitica e Cecilia è creativa.

– E tu? Qual è la tua parte?

– Io metto la macchina, pago le spese e ho una fantastica playlist.

– Guarda, Lilli, io te lo dico. Se vuoi giocare a Thelma, Louise e Cecilia, la mia risposta è no.

– Ti ricordo che lungo il percorso incontrano Brad Pitt.

– Io domenica devo vedere Angelo.

– Io domenica devo spedire Antares in Inghilterra e Neve a Siracusa.

– Partiremo lunedí. Intanto, Alice, potresti dare qualche consiglio a Cecilia su come allevare tre bambini africani altrui.

– Non ho nessuna intenzione di allevarli. Voglio passare un weekend con loro per decidermi a mollare il padre.

Ho brevemente riassunto a Cecilia la situazione materna di Alice, e ad Alice la situazione non materna di Cecilia, e infatti Alice annuisce.

– E perché? – chiede. – Guarda che tirar su i bambini non è chissà che impresa.

– Sono tre bambini africani di sicuro problematici, non li voglio, non ne voglio neanche di miei...

– Tuoi, suoi... che differenza c'è? – Alice alza le spalle. – I bambini sono bambini. Comunque, non so, Lilli. Non credo di aver voglia di venire.

– Io neanche, – Cecilia si blocca, come se non volesse neanche piú camminare con noi. Lei è fatta cosí, estrema.

Le guardo desolata. Ma come? E la mia avventura? Che amiche sono? Nei film non fanno cosí. Nei film partono. Okay, Alice non è esattamente una mia amica, ma Cecilia? Cioè, ho sputtanato la mia liquidazione per le sue cerniere lampo, e lei non parte con me alla ricerca di una mia ex compagna delle elementari scomparsa sedici anni fa? Ma in che mondo viviamo?

– Va bene. Io vado. E ora, se volete scusarmi.

Le saluto con fredda dignità e attraverso il ponte, diretta al grande parcheggio sotterraneo dove ho lasciato la macchina. Peggio per loro. Io lunedí parto.

LA GALERA

La galera, cara Iris, era la fedele compagna delle pattine. In una casa del secolo scorso, anni Cinquanta, quando le tue nonne erano ragazzine, c'era sempre una galera nascosta in qualche armadietto. Per spiegarti cos'è, ricorro alla Treccani, che quando si tratta di definire non sbaglia un colpo.

> Arnese domestico per lucidare i pavimenti, consistente in un largo spazzolone innestato a una pesante forma metallica manovrata da un manico snodabile (è cosí chiamato per la fatica che richiede il suo uso).

Pensa. Pensa a un oggetto per la cura della casa che viene chiamato «galera» tanto è faticoso. Mi meraviglia molto che gente tipo Betty Friedan non abbia dedicato almeno un pamphlet alla galera. Io ricordo di averne vista una a casa della bisnonna Graziella. Nemmeno lei la usava piú, ormai aveva la lucidatrice, ma la conservava ancora nel sottoscala, sai, quell'armadietto in cui viveva Harry Potter. E forse l'ha lasciata in eredità a zia Ludo, perché i suoi pavimenti hanno uno splendore che non può venire da una semplice lucidatrice. È uno splendore ottenuto col sudore della fronte.

La galera... mi immagino certe cameriere (è l'antico nome delle colf) piccoline, certe Colombine venete magroline, alle prese con quel largo spazzolone innestato a una pesante forma metallica manovrata da un manico snodabile, che solo per spostarlo ci voleva Mastro Lindo. Con il loro su e giú sui parquet delle signore, erano il trait d'union fra la civiltà moderna e gli schiavi di Ben-Hur.

E penso alle spensierate signore che dicevano «Marietta, oggi passa un po' la galera in salotto, che nel pomeriggio vengono le amiche per il tè». Ci credo che poi c'erano tutti quei delitti delle cameriere che ammazzavano i padroni. Alla peggio, passavano semplicemente da una galera all'altra, le Mariette.

19. Al Debiross

Ma non intendevo dire: alle sette. Volevo partire con calma, verso le undici. Perciò quando alle 6.45 è suonato il citofono, ho pensato che fosse uno scherzo veramente molto idiota, e l'ho ignorato. Francesco ha borbottato qualcosa e si è messo il cuscino sulla testa. Dopo tre minuti, però, il citofono ha ricominciato a suonare, con estrema insistenza. La polizia?
– Francesco, che hai fatto? – chiedo alzandomi. – Hai lasciato la macchina dove devono togliere i bidoni?
Non reagisce e continua a russare. Vado a rispondere.
– Chi è? – ringhio.
– Sei pronta? Ti aspettiamo sotto.
– Ceci?
– Dài, sbrigati, che dobbiamo fare in giornata. Domani devo essere a Aggrappiamoci alla Grappa.
– Con chi sei?
– Brad Pitt... e dài, con chi vuoi che sia... Alice, no? Muoviti.
– Salite, che mi sono appena svegliata.
– No no, che se saliamo partiamo alle nove. Scendi. Ti aspettiamo da Mary Vit.
Mary Vit è un bar dietro casa mia, ho sempre pensato che la proprietaria si chiami Maria Vittoria ma volesse risparmiare sull'insegna.
Brontolando, vado in bagno, faccio il caffè, mi vesto, caccio in borsa il telefono, controllo di aver il portafoglio, prendo le chiavi della macchina, e poi mi fermo, come una

capretta ostinata. No. Non esco lasciando il lavandino pieno. Ieri sera ho sparecchiato senza arte né parte, pensando di mettere a posto la cucina prima di partire, e questo farò. Se quelle due credono di poter cambiare i miei piani con i loro capricci, si sbagliano. Se mi aspettano bene, se no amen. Avevano solo da dirmelo l'altro giorno, che venivano, invece di fare queste improvvisate da sceneggiato televisivo italiano.

Quando scendo mezz'ora dopo, Francesco si è svegliato e mi ha augurato una cosa tipo: «Buon viaggio, Miss Marple» e la cucina è perfettamente a posto. Se un meteorite cade sulla mia macchina e ci sfrittella e Iris tornerà in lacrime da Venezia, non troverà avanzi di minestrone di legumi incrostati in una pentola abbandonata nel lavandino. Potrà piangere in una cucina immacolata. E, secondo me, un pochino questo aiuta.

– Un fallimento totale.
Cecilia è seduta accanto a me, Alice dietro. Siamo sulla Torino-Genova, appena imboccata. Lunedí mattina, poco traffico, già voglia di autogrill. Stiamo ascoltando da almeno mezz'ora il resoconto del disastroso weekend con Angelo, il viticoltore delle Langhe, e la frase «Un fallimento totale» ricorre a intervalli regolari.

– Ceci, te lo ripeto: se siete stati bene, se ti sembra di innamorarti, se lui ti tratta come la regina di Saba, se sua sorella non ti sputa addosso... non vedo come puoi definirlo un fallimento.

– Ma allora proprio non capisci! I bambini! Gli stramaledetti bambini! Mi stavano appiccicati come moschini su una chiazza di marmellata! Quella di mezzo, la femmina, voleva che le facessi le treccine francesi, perché sua zia non è capace.

– E quindi?
– E quindi gliele ho fatte, e quindi mi toccherà veder-

lo di nuovo, per mollarlo. E piú lo vedo meno ho voglia di mollarlo, ma piú vedo i suoi figli piú voglio scappare.

Alice finora è intervenuta pochissimo, ma adesso si sporge in avanti: – Ancora con questi bambini. Non sono mica animali feroci. Sono piccoli, ne fai quello che vuoi. Perché ti agiti tanto?

– Perché i bambini vogliono un sacco di roba, ecco perché! Baci, merenda, storie prima di dormire, quaderni nella cartella, cerotti se si fanno male, scarpe un numero piú grandi, vogliono pensieri, attenzioni e coccole, e io ho altro da fare!

Cecilia è molto concitata e io mi volto verso di lei, rischiando di sbandare a destra contro un furgone che mi sta sorpassando.

– Guarda la strada, – dice Alice. – Oppure guido io. Scusa, ma mica devi diventare la loro madre. Devi solo diventare la fidanzata di papà. Come in quel film con Stella Stevens.

La frase cade nel vuoto perché noi due quel film con Stella Stevens non abbiamo idea di che roba sia.

– «Solo» la fidanzata di papà... solo... – Cecilia sbuffa, sarcastica al massimo. – Quelli aspettano una madre a testa bassa, te lo dico io. La loro se ne sta in Umbria a fare l'olio, la vedono ogni tanto su Skype e ciao, la zia è brava e buona ma le manca, non so... la tenerezza, le treccine, le coccole dopo il bagno... – Cecilia si infervora, e io mi insospettisco.

– Cecilia! – urlo, e quasi manco l'ingresso dell'autogrill, – tu hai fatto le coccole dopo il bagnetto a quei bambini! Ti stai facendo fregare!

– Guarda la strada –. Alice mi fulmina. – Non c'è niente da strillare. È normale. Bambini, bagnetto, coccole, è normale. Niente per cui sbattersi.

– C'è da sbattersi eccome –. Cecilia è torva. – Anzi, vi avverto. Tornando facciamo una deviazione e mi accompagnate a dire ad Angelo che lo pianto.

– Ma non dovevamo fare tutto in giornata perché domani hai una roba di grappa?

– Ci fermiamo cinque minuti. Il tempo di mollarlo.
– Okay, – rispondo tutta contenta. Non vedo l'ora di conoscere i futuri figli di Cecilia!

Circa quattro ore dopo essere partite da casa mia, ci fermiamo davanti all'Hotel Punta Bianca, quello dove Noemi ha trascorso la settimana fatale. Durante gli ultimi venti chilometri, abbiamo discusso la strategia. Cecilia vorrebbe evitare l'approccio Charlie's Angels, cioè che entriamo tutte e tre sincronizzando il passo, appoggiamo i gomiti al banco del concierge e gli chiediamo informazioni agitando i capelli. Alice vuole evitare l'approccio Signora in Giallo: entra una di noi dopo essersi messa un rossetto geranio, e caracollando declama: «Scusi, ricorda per caso una ragazza che ha passato una settimana qui sedici anni fa?»
Io invece vorrei evitare l'approccio proposto da loro: entriamo in due e facciamo balenare un finto distintivo e un finto tesserino spacciandoci per commissarie.
– E quindi? – sbuffa Cecilia.
– Stiamo sul classico, – propone Alice. – Entra Lilli. Dice quasi la verità: sta cercando di rintracciare una sua vecchia compagna di scuola di cui ha perso le tracce…
– …per una cena di classe delle elementari… – suggerisco, entrando nello spirito.
– Nessuno fa cene di classe delle elementari –. Cecilia è lapidaria.
– Beh, dovrebbero farle. Ci sarebbero le vere sorprese. Le cene dei compagni di liceo sono inutili, al liceo siamo già tutti come saremo.
– Entra Lilli, – Alice riprende come non avessimo parlato. – E dice blabla compagna di classe. Non riesce a rintracciarla ma sa che ha passato una settimana lí nel 2003. Per caso ve la ricordate? Sapete se si era fatta degli amici in paese? Intanto io e te giriamo con queste.
Tira fuori dallo zainetto (Alice non sa cosa sia una bor-

sa, usa solo zainetti) tre belle foto di Noemi che si è fatta mandare da Giorgio Santafede e ha stampato.
– Giriamo dove?
– Bar tabacchi. Poste. Negozio di alimentari. Vigili urbani. Se davvero la causa della sua sparizione sta nella settimana che ha passato qui, non può essere stata una settimana normale. Dev'essere successo qualcosa che ha lasciato tracce. Vedrai che qualcuno si ricorda di lei.

Scendiamo dalla macchina, io vado verso l'ingresso dell'albergo e loro imboccano la strada in discesa che porta alla piazza del paese. Sono molto, molto male assortite.

Mentre sto per entrare, mi squilla il cellulare. È mamma.
– Mamma? Ciao, adesso non posso parlare, ti richiamo.
– Volevo sapere come va. Avete trovato qualcosa?

Ho raccontato a mia madre tutta quanta la storia, Noemi, Giorgio Santafede, Alice Lampugnini e tutto. E lei, con mia grande sorpresa, ha approvato: – Almeno non passerai le tue giornate a lustrare gli specchi. Attenta solo a non metterti nei guai.
– Che guai?
– Gente che spara.

Sono contenta che approvi, meno che mi chiami ogni cinque minuti per sapere come va.
– Mamma, siamo appena arrivate. Ti chiamo stasera per farti rapporto.
– Va bene. Io intanto penso se mi viene in mente qualcosa di utile.

Non vedo cosa potrebbe venirle in mente di utile, non credo che Noemi a nove o dieci anni le abbia confidato che da grande si proponeva di scomparire cosí e cosà, ma la ringrazio e attacco. Arrivo, concierge.

La ragazza al banco nel 2003 giocava ancora col Didò, ma è gentile e chiama la signora Pizzi, guardarobiera, anima e colonna dell'Hotel Punta Bianca, presente fin da quando i primi liguri ne gettarono le fondamenta. La signora Pizzi accetta senza batter ciglio la storia della compagna di classe perduta (forse perché è vera?) e inizia a scartabellare nella memoria.

– Agosto 2003... dunque aspetti... il duemilatre sarebbe l'anno che si è sposato Paolo... mio figlio, sa... Paolo si è sposato nel duemilatre con la Claretta, e difatti mio nipote è del duemilaquattro mamma mia come passa il tempo... duemilatre... han fatto le nozze a settembre... e quei clienti olandesi cosí simpatici si son fermati apposta... pensi che dovevano partire il 31 agosto e invece han fatto ancora una settimana per essere presenti al matrimonio... che carini... gli han regalato... ma sa che non mi ricordo... dei... aspetti...

– Pattini d'argento?

– Eh! Brava! No, non pattini... argento sí ma non pattini... aspetti però che mi son persa... allora quell'agosto lí gli olandesi stavano sempre con una bella ragazza italiana... no, non era italiana, era cubana... niente... e poi con l'avvocato Vidussi, lui viene tutti gli anni, sempre con questo suo amico, Augusto Pulfero, un cardiologo, uno dei primi di Milano, lo conosce? Son tanto amici. Mio figlio dice che si son sposati, ma io non credo. Il dottor Pulfero faceva gli occhi dolci a Margherita... la nostra cameriera di allora che poi si è trasferita in Belgio, pensi... ah, la vita! Dovessi dirle le nostre cameriere, dove son finite certe!

– Noemi.

– Giusto... allora... sa che me la rivedo tutta davanti agli occhi, quell'estate? Perché è l'anno che si è sposato mio figlio... ti resta impresso... allora c'era quella bella signorina di Milano... o di Torino? Ah sí, aspetti che mi ricordo, era di Torino ma viveva a Milano...

– È lei! Signora Pizzi, è lei! Se la ricorda!

– Eh già che me la ricordo... cosí riservata... non faceva gruppo con gli olandesi... molto solitaria... aveva fatto

amicizia solo con una ragazza che non era cliente dell'albergo... veniva qui per la piscina... ospite.
– Samantha?
– Non me lo ricordo il nome... però mi ricordo che c'era mezzo paese che le stava dietro... una stangona... inglese mi pare... o era dell'est? E poi lei alla fine si era messa con uno che era successo un putiferio con la fidanzata... 'spetti... era il Gianni? Andrea? No! Sa chi era?

Ed è cosí che mezz'ora dopo Alice e Cecilia mi vengono incontro in piazza sventolando le foto, e io vado incontro a loro senza sventolare niente, e diciamo tutte e tre piú o meno in coro:
– Alberto Corradeghini!

Onore alla buona memoria degli abitanti di Ameglia. Sgattando un po', Alice e Cecilia hanno trovato gente che si ricordava di Noemi, soprattutto perché girava con l'indimenticabile Samantha: inglese, rockettara, alta uno e ottantacinque, capelli biondi fino alla vita, mai portato un reggiseno, stava in camper da qualche parte, e per tutto agosto aveva riempito il paese, alimentando leggende che ancora riecheggiavano attorno alla grande piazza. Era arrivata sola, aveva spezzato sei o sette cuori e poi aveva fatto coppia fissa, fino al giorno della partenza, con il fortunatissimo Alberto Corradeghini, che sedici anni dopo ancora ne sente il profumo, o almeno cosí ci dichiara davanti a un aperitivo in riva al mare di Bocca di Magra.
«Vediamoci a Bocca», aveva detto quando lo avevamo chiamato, grazie alla barista che ci aveva smollato il suo numero di cellulare. «Che ad Ameglia pure i muri parlano».
Per questo siamo seduti al bar dei bagni Debiross, davanti a tre Hugo e uno Spritz (io) contornati da acciughi-

ne fritte e olive ripiene. Il problema, ci spiega Alberto, è sua moglie, l'Armanda.

– Guai a nominare Samantha. È ancora gelosa adesso, dopo tutti questi anni. Vedete, quell'estate io e Armanda eravamo già fidanzati. Fidanzatissimi. A un passo dalle bomboniere, non so se capite.

Capiamo.

– Ma quando è arrivata Samantha... fine dei giochi. Ha fatto di me quello che voleva. Era talmente bella, era esagerata, e non gliene fregava niente di niente. Cioè, zero. Si è fatta Gianni, poi Rudi, poi Giuseppe... e alla fine ha scelto me. E io come un deficiente...

– Hai mollato l'Armanda.

– Brava. Stavo su una nuvola rosa fra le parole ti amo, come diceva il poeta. Solo che a fine agosto, PAF, Samantha è partita e ciao.

– Ma come ciao? – Cecilia si ribella a questa passiva accettazione. – Non l'hai seguita, cercata... scritto, telefonato...

– Scusa, ho sbagliato io. Non dovevo dire «è partita». Dovevo dire «è scomparsa». La sera prima ci baciavamo in piazzetta, la mattina se n'era andata. Mi ha lasciato un biglietto dicendo piú o meno che era stato bello ma basta. Sono riuscito a farmi dare la sua mail e un numero di telefono dalla padrona del campeggio... un'infermiera di Sarzana... l'ho blandita in tutti i modi, ho perfino pianto...

Alberto china la testa, sopraffatto dalla vergogna di se stesso. Lo consoliamo: anche io e Ceci abbiamo pianto a sproposito un sacco di volte. Alice si dissocia.

– E comunque alle mail non ha mai risposto, e al telefono neanche. L'avrò chiamata mille volte, le ho mandato un milione di messaggi. Ho speso una fortuna... mica avevamo WhatsApp, a quei tempi. Ma niente. Fine. Svanita.

Ci guardiamo. Scomparse entrambe. Non può essere un caso. Cecilia chiede:

– E cosí che hai fatto?

– Ho pianto per tre mesi e poi mi sono rimesso con l'Armanda.

– Ti ha ripreso? – Alice non si capacita.

– Quella santa. E meno male, perché il nostro è un matrimonio meraviglioso.

Cecilia gli porge un'oliva.

– Tu menti, Alberto. Tu ancora la rimpiangi, Samantha.

Alberto ci guarda. Bello non è, ma probabilmente sedici anni fa qualcosa aveva, ad esempio i capelli.

– Sento ancora il suo profumo. Ma tocca accontentarsi, ragazze.

Metto una mano di ferro sul braccio di Alice e un'altra, sempre di ferro, sul braccio di Cecilia. Lo so che muoiono dalla voglia di spiegargli, ognuna a suo modo, che non bisogna accontentarsi, ma non c'è tempo. Mi servono informazioni, non filosofia dell'amore.

– E in questi ultimi anni? Non l'hai mai cercata sui social?

– Eh no? Certo. Ma non c'è. Né su Facebook, Instagram, Twitter, non ha un blog, niente. Se digiti «Samantha Garrison», zero. Magari neppure si chiamava cosí.

Io e Alice ci guardiamo. Tale quale a Noemi. E infatti, Alice chiede:

– Dimmi di Noemi, Alberto. È lei che stiamo cercando.

– La sua amica, sí. Carina. Simpatica.

– Lei ha avuto storie con qualcuno?

– No, niente. Quelli che non ce la facevano con Samantha provavano con lei, ma niente, diceva che era fidanzata e ne aveva piú che abbastanza del suo ragazzo e non voleva impicci con altri uomini. Una tipa tosta.

– Chi frequentava, cosa faceva, cos'è successo quella settimana?

– Niente, l'unica cosa che mi ricordo è che in paese è venuto il Mago Loreno. Me lo ricordo perché Samantha gli ha fatto da assistente per un numero. Era bellissima anche tagliata in due.

– Certo. E Noemi? Non ha fatto nulla nello spettacolo?
– Figurati. Non era il tipo.
– Peccato, – sospira Cecilia. – Se no poteva essere scappata col Mago Loreno per diventare la sua assistente. E da sedici anni gira per l'Italia stentando la vita al suo fianco.
– Tu guardavi *Dolce Remi*, da piccola? – si informa Alice.
– Ce l'hai ancora quel numero di telefono di Samantha? – mi informo invece io.

20. Scende la sera sulle Langhe

Durante il viaggio da Ameglia a La Morra, mentre la giornata di fine settembre al mare si avvia a diventare una perfetta serata di fine settembre nelle Langhe, discutiamo ipotesi e possibilità, una piú strampalata dell'altra. Si va da: Samantha ha deciso di ritirarsi in un monastero buddhista sottraendosi al mondo e Noemi l'ha seguita dopo qualche incertezza, a: Samantha è diventata la favorita di un emiro arabo e Noemi l'ha seguita dopo qualche incertezza. Ma perché non dirlo? Si torna sempre lí. Perché non comunicare semplicemente urbi et orbi: ehi, raga, mi ritiro fra i Monaci delle sette Campane Tibetane, oppure, ehi, ci sentiamo, entro nell'Harem di Suleyman III dell'Oman o qualcosa del genere.
– Cioè, sono cose della vita... – sospiro. – Poteva dirglielo, a Santafede. Magari dopo un po' gli scriveva...
– E se invece Samantha non c'entrasse niente con la sparizione di Noemi? Se fosse una coincidenza? – butta lí Cecilia.
Alice e io ci ribelliamo. No, non è possibile. Non esiste che Samantha non c'entri. Cioè, dài, conosci una donna fatale, subito dopo sparisci, e la donna fatale non c'entra?
– Queste cose succedono solo nei romanzi, – protesto. – La vita vera funziona diversamente.
Alice punta il musetto triangolare verso l'orizzonte, e mi sembra di vedere il suo cervello riempirsi di catene di Fibonacci. Catene? Sono catene? – Speriamo che il numero che ti ha dato Alberto e la mail siano sempre quelli.

– Per quanto ne sappiamo, potrebbero non essere mai stati quelli. Visto che lui l'ha martellata e lei non ha mai risposto.

– Una coppia pazzesca, quelle due, – Cecilia ha un tono appena appena invidioso. – I loro ex sono devastati, non le scordano piú... chissà come si fa.

– Beh, se io e Francesco ci lasciassimo, dopo un mese non si ricorderebbe piú neanche di che colore ho i capelli. Già lui è uno che dimentica tutto.

– Considerala una fortuna. Dev'essere terribile avere un ex sempre attaccato alle caviglie. Ma... – e Alice rivolge il suo sguardo severo verso Cecilia – perché diventi un ex bisogna mollarlo. Quindi adesso andiamo a mollare questo Angelo, e facciamo una cosa veloce che domattina devo alzarmi presto.

Angelo è stato avvertito del nostro arrivo, e se vedere comparire la sua amata insieme a due sconosciute non lo entusiasma, è bravissimo a nasconderlo. Ci accoglie nel cortile della cascina, senza bambini in braccio, e devo dire che al primo sguardo lo approvo senza riserve. Ha i capelli ricci, gli occhi color ambra, un bel sorriso, è abbastanza alto, un fisico che non si nota. Giusto. Un uomo giusto.

Alice e io ci guardiamo, e questa parola, *giusto*, frulla fra noi come un colibrí.

Resta giusto anche quando conosciamo sua sorella Umberta, una rude e affettuosa signorotta di campagna, e resta giusto anche quando arrivano i famosi figli africani, che a me non sembrano per niente africani, perché a parte avere la pelle piú nera del bambino langarolo medio si comportano in modo molto italiano. Il piú grande ha sei anni, si chiama Carlo e sta cominciando la prima. La bambina ne ha quattro, si chiama Beatrice e ha, effettivamente, le trecce francesi.

– Grazie Cecilia! – si entusiasma la rude Umberta, pren-

dendo per un attimo tonalità rosee. – Mi hai insegnato proprio bene. Ora riesco a farle anche io le treccine a Bea.
– Perfetto, – ride falsa Ceci, – allora non c'è piú bisogno di me.
Ed è in quel preciso momento che Gimmi, il piú piccolo, a occhio meno di due anni, seduto in braccio a suo padre che ci sta passando il vassoio del vitello tonnato, allunga le braccia verso di lei e dice: – Tu.
Ecco fatto. Cecilia è fregata, e lo sa. Lo prende in braccio e mi guarda malissimo. È uno sguardo che dice: «Se quando ripartiamo dici una sola parola su questa cosa, scendo dalla macchina a torno a Torino in autostop».

Naturalmente Cecilia non molla Angelo, e dopo cena si salutano ardendo di baci sull'aia. Cecilia lo ha pure aiutato a mettere a letto i bambini, mentre Umberta e io chiacchieravamo di banalità, e Alice trafficava col telefono, in perfetto e continuo silenzio.
– E quindi? – le dico dopo qualche chilometro.
– E quindi non lo vedrò piú, perché se ce l'ho davanti non lo mollo.
– Scusa, ma ti ho sentita con chiarezza dargli appuntamento a Milano.
– Mentivo. A quell'appuntamento non mi presenterò mai.
Annuisco. È un ottimo sistema per liberarsi di un uomo, dargli un appuntamento e non andarci. L'ho fatto anche io, a vent'anni. Perché è un'offesa, gratuita e immotivata, e quindi lui ti odia. E non c'è nulla di meglio di un po' di odio, per mettere fine a un amore.

LA SPESA IN AUTOGRILL

Cara Iris, credo che un modo per capire se ti sei lasciata l'adolescenza alle spalle sia accorgerti che in autogrill non guardi piú solo le confezioni giganti di Chupa Chups, ma comincia a venirti anche una strana voglietta di fare la spesa. Ma la combatti, perché la spesa in autogrill è un sogno proibito, un po' come la lavatrice a 90 gradi con detersivi che fanno male all'ambiente. La parte sensata e pratica di una casalinga di media intelligenza sa che i prodotti dell'autogrill sono sostanzialmente cari, superflui e pure dannosi alla linea. Però tutto il resto di lei, e spesso la parte sensata e pratica rappresenta al massimo il 15 per cento del totale, anela a un carrellino pieno di...
Pasta tricolore, quella che cucinano soltanto alla mensa scolastica e perfino i bambini lasciano nel piatto. Te la ricordi?
Mezzo metro di Nocciolato Novi o un metro di tavolette Ritter.
La mortadellina intera plastificata, da tagliare per i cavoli tuoi, cioè male.
Confezioni giganti di parmigiano, parmareggio o grana del Trentino a seconda di dov'è l'autogrill, ad esempio al Sud il parmigiano viene sostituito da confezioni giganti di provola.
Tortellini e tortelloni, però non normali tipo quelli che compri al pastificio. I tortellini dell'autogrill hanno gusti esclusivi: alle ortiche, alle sogliole e asparagi, al bisonte, alle parallele asimmetriche, all'usignolo, alla patata bollente.

Un assortimento di vini mai sentiti prima, che esistono solo in autogrill: ho sempre pensato che coltivassero l'uva in una vigna lí dietro, tra la pompa di benzina e i parcheggi per i camion.
Alla fine non l'ho mai fatta quella spesa lí. Finora. Però in autogrill mi sono comprata un CD con tutti i successi dei Duran Duran. Peccato che poi quando l'ho ascoltato ho scoperto che i successi erano dei Duran Duran, ma a cantarli erano Lino e le Semisfere.

21. Galant combinazione con porta documenti

Una linea d'azione semplice ed essenziale, ha raccomandato Alice. Non dire una parola a quel Santafede, ha raccomandato Cecilia: inutile rinvigorire una speranza mal riposta. Io veramente non sarei sicura di voler rinvigorire neanche una speranza ben riposta. Non credo che sarebbe una buona idea, in caso ritrovassimo Noemi, farlo sapere a lui.
– Perché – spiego a Francesco mentre siamo in coda alla cassa del bar dell'Ikea – per lui è molto meglio pensare tipo che lei sia entrata in una comunità di monache in Patagonia. Deve metterci una pietra sopra, ma di quelle pesanti. Giorgio Santafede: Noemi, basta!
Alzo leggermente la voce e la signora in coda davanti a noi mi guarda male. Ah già, mi dimentico sempre che Santafede è famoso. Per me ormai è un nome come un altro, come qualsiasi altro ex delle mie amiche. È come se dicessi «Roberto Fracassi», uno con cui stava Cecilia tre anni fa.
– Allora perché gli hai dato corda?
Sbuffo. Possibile che Francesco non capisca una cosa cosí semplice? A volte immagino il cervello dei maschi come una pista di sabbia per le biglie, di quelle che si fanno in spiaggia: un ovale ben costruito, con le biglie dei ciclisti tutte ammucchiate in cima: ne schiocchi una con pollice e medio e quella parte, vince chi arriva prima. Il cervello delle donne, invece, me lo immagino come un giochino che era passato da casa mia quando ero piccola: una specie di scatoletta piatta di plastica trasparente con dentro

un labirinto e una pallina cromata: si trattava di far arrivare la pallina all'uscita.
– Gli ho dato corda in modo che lui mi fornisse tutti gli indizi possibili per ritrovare Noemi.
– Quindi lo hai preso per il culo.
– Sí, ma non da subito. Questa decisione, di prenderlo per il culo, è maturata lentamente. Due caffè e due brioches vuote.
Quando siamo sistemati al tavolino con la nostra colazione, spiego a Francesco che ho visto su «Vippissimi Today» una foto di Santafede con l'ultima moglie, che ha una pancia a occhio di sette, otto mesi.
– Non è un buon momento perché tuo marito ritrovi l'amore della sua vita.
Siamo all'Ikea perché lui ha bisogno di un mobile con tanti cassetti per togliere da terra una quantità di documenti e pubblicazioni di argomento vegetale. Io non ho bisogno di niente, o meglio, quando sono entrata non avevo bisogno di niente, ma come sempre da Ikea vedo cose di cui scopro di aver bisogno, di averlo sempre avuto, cose che riempiono esattamente quel buchino di vuoto nella mia soddisfazione di cui neanche mi rendevo conto. Scendiletto nuovi! Ma certo! Non sapevo di non poterne proprio piú dei soliti. Bicchieri azzurri! Ecco! Sono finalmente loro i bicchieri giusti per i piatti azzurri che ho comprato proprio qui tre anni fa! E tende! Impossibile venire all'Ikea senza trovare delle tende bellissime che costano pochissimo da mettere al posto di altre tende bellissime che costano pochissimo sempre comprate da Ikea.
Naturalmente so che non posso prendere tutto. Dico no a un set di tre cestini di vimini, a un nuovo copripiumone con il cielo stellato, a uno specchio con la cornice di metallo sbalzato che starebbe benissimo nell'ingresso: purtroppo però uno specchio nell'ingresso c'è già. Dico no no no, e intanto sbircio periodicamente il telefono, co-

me fanno le donne che aspettano un messaggio dai figli oppure dall'amante. Io però lo aspetto da qualcun altro.

È sabato mattina, presto, perché Francesco vuole togliersi questo dente dell'Ikea il prima possibile. Una volta, quando Ikea era appena uscita, gli piaceva venirci, portarsi a casa i pacchi piatti e montarli con l'assistenza entusiasta di Iris bambina. Adesso la cerimonia per lui ha perso fascino, e ha chiarito subito, mentre facevamo la tangenziale diretti all'uscita di Savonera, che il mobile a cassetti se lo sarebbe fatto portare e montare da loro.

– Guarda che con trasporto e montaggio è una botta, – gli faccio notare mentre alla cassa veloce stiamo pagando il mobile Galant combinazione con portadocumenti impiallacciato rovere mordente bianco 102 × 120 cm € 540, comprese quelle sei o sette cose che ho comprato io ma non merita parlarne.

Francesco alza le spalle e mi lancia un'occhiata sfuggente. – Potrebbero esserci interessanti guadagni in vista, – borbotta.

– Hai comprato un Gratta e Vinci? – chiedo interessata. Una volta abbiamo vinto 500 euro con un Gratta e Vinci e da allora non abbiamo mai smesso di sperare, perciò ogni tanto ne compriamo uno, di solito in autogrill andando al mare.

– No, dico davvero. C'è una... possibilità di lavoro, però non ti dico niente per scaramanzia.

Brivido gelido.

– Mica è tornato fuori il Brasile? – di colpo mi passa perfino la voglia di comprarmi la salsa Dill e i biscotti allo zenzero.

– No, no, niente Brasile. Quello è definitivamente andato. Senti, aspetto che sia tutto piú sicuro poi ti dico. Comunque no, non è il Brasile.

E allora cosa?... Mi prende l'ansia, ma la appallottolo e la ficco in un angolo. Inutile preoccuparsi finché non è proprio indispensabile.

Sono passati cinque giorni da quando ho mandato un messaggio a Samantha. Sí, il suo numero di telefono esiste ancora, o perlomeno quando l'ho fatto dall'altra parte ha fatto tuuu tuuu, ma nessuno ha risposto. Forse Samantha ha controllato il numero, ha visto che è italiano e ha pensato che fosse un sussulto di Alberto Corradeghini. Allora ho provato a scriverle un messaggio, utilizzando il mio inglese elementare. Ho chiesto ad Alice di scriverlo lei, che invece lo parla fluently, ma lei ha detto che il mio impaccio linguistico avrebbe reso piú commovente l'appello. E questo è stato il risultato.

> Dear Samantha my name is Lilli Tempesti and I was Noemi Pontini's best friend when we were kids. If you know how to put me in contact with her please let me know. I want so much to know if she's okay. Her father doesn't tell me anything. Please be so kind because I am really upset. Please tell Noemi I miss her so much because I'm trying to be a good housewife but only she can teach me. Thank you very much.

Niente. Non mi ha risposto. Non dico chiamarmi, ma almeno mandarmi un messaggino dicendo «Don't bother me Lilli». Invece, quando squilla il cellulare mentre sto amorevolmente mettendo delle rose in uno dei miei nuovi vasi dell'Ikea, è soltanto Iris.
– Ciao tesoro della mamma... come stai?
– Ciao mà. Bene. Voi? Papà?
Le confermo che stiamo bene, le racconto della gita all'Ikea e le chiedo com'è andato l'esame di dinamiche narrative delle culture subsahariane o quello che era, che se non sbaglio ha dato ieri e quindi avrebbe dovuto già chiamare lei per dircelo.
Silenzio.
Silenzio?
– Iris? L'esame?

- Eh... non ho potuto darlo. Ti chiamavo anche per questo.
- Non hai potuto? Perché?
- Beh, perché... ecco... è stata una mia decisione. Cioè, ho deciso che non potevo darlo perché non ero abbastanza preparata. Cioè, non volevo prendere tipo 21, cosí ho preferito lasciar perdere. Lo do a novembre. Voglio prepararmi bene.

Impossibile. Questa non è Iris. Primo, è sempre preparata bene, secondo, un paio di volte ha preso dei voti bassi e li ha sempre accettati con entusiasmo. Non è competitiva, e non ha mai sognato di laurearsi con la lode e quelle cose lí. Ha sempre voluto laurearsi per avere migliori possibilità di trovare lavoro presso un'organizzazione benefica internazionale, o anche non benefica, ma sicuramente internazionale.

- Scusa un po', da quando ti preoccupi dei voti? Credevo che ti interessasse solo finire il piú presto possibile.
- Sí ma... non sapevo veramente un tubo. Dài, sono in superregola con gli esami, non ti stressare se ne rimando uno. E nonna? Come sta? È un po' che non mi chiama. Tutto ok?
- È andata qualche giorno in Camargue con Marianna.

Marianna è l'amica storica di mia mamma, felicemente in pensione dopo una vita da impiegata comunale.

Parliamo ancora un po' di parenti e amici, poi attacco, ma non sono tanto convinta.

E non sono neanche tanto stupida. Per questo chiamo Ludovica. A differenza di me, Ludovica è amica di Iris su Facebook. Noi tre, Iris, suo padre e io, ci siamo dati come regola di non chiederci l'amicizia su FB, quanto a Instagram e affini non li frequento proprio.

- Ludo, ciao...

Quel minimo di convenevoli, poi attacco:
- Per caso sai qualcosa di Iris che io non so?
- Eh... tu cosa sai?

– Già è un brutto inizio.
– Cioè... la sai la cosa dell'uncinetto?
– Che si sono comprate delle vecchie riviste coi gomitoli e fanno le sciarpe? Sí.
– Senti qua, Lilli, passo da te un attimo. Sto partendo per andare in studio e sei di strada.
– Scusa, ma perché non mi spieghi? È una roba grave?
– Ma no, solo che faccio prima a farti vedere. Tra un quarto d'ora sono lí.

Mamma mia che gente misteriosa, i Rebora! Francesco con le sue occulte possibilità di lavoro che non c'entra il Brasile ma poi ti dico, Ludovica con passo a farti vedere, Iris che traccheggia... ma ditelo chiaro! Se no alla fine siete tutti come Noemi, penso, e intanto sistemo le rose sul mobile nell'ingresso.

Sono rosse, piccole, spinose, sono rose naturali e selvatiche come piacciono a me, che trovo antipatiche quelle col gambo lungo e liscio. Qui in città ce ne sono cespugli rigogliosi nelle aiuole spartitraffico, e quando posso le rubo sempre volentieri. Non sapevo di rubarle, pensavo che fossero a disposizione dei cittadini, una specie di giusto omaggio da parte del Comune a noi che in questa città viviamo, un modo per consentire a tutti di avere qualche fiore in casa, invece una volta mentre ero lí che le tagliavo in completa serenità un tizio mi ha ribaltata d'improperi, dicendo che è reato prendersi il verde pubblico, rose comprese. Quindi continuo a rubarle, ma di nascosto.

Driin, ecco Ludo. Ne avrò ancora orzo?

I BARATTOLI PERSISTENTI

Nella vita di ognuno esistono barattoli senza tempo, che sono come pietre lungo la nostra esistenza. So che esiste un libro famoso intitolato "Le parole sono pietre", ma secondo me i barattoli sono molto piú pietre delle parole. Questi barattoli persistenti li puoi trovare ovunque, nella dispensa, nel frigo, e anche nei buffet o armadi vari del salotto, spesso accanto ai bicchierini da liquore. I barattoli-pietre di solito arrivano nei cesti di Natale, ma possono anche essere regali singoli. Adesso siamo in ottobre, e io ho ancora in frigo un barattolo enorme di sottaceti, saranno due chili almeno, che mi ha regalato a Natale una signora bulgara che bada alla mamma di una mia amica. Sono bellissimi e anche buoni, ma non esiste famiglia in grado di smaltire in tempo utile due chili di sottaceti. Giusto se fossimo nel Nautilus di Capitano Nemo e non avessimo altro da mangiare. Anche le marmellate regalate sono spesso barattoli mai aperti, perché non sono marmellate di fragole, pesche o ciliegie, sono spesso marmellate tipo di mele cotogne, e chi è che ha veramente voglia di fare una crostata con la marmellata di mele cotogne? O di mangiare pane, burro e marmellata di mele cotogne? E cosí la marmellata di mele cotogne invecchia con noi, fino al giorno in cui la troviamo riordinando la dispensa, e la buttiamo, tristissimamente. Altri barattoli persistenti sono le ciliegie sotto spirito, i peperoni sott'olio, in generale ciò che sta «sotto» qualcos'altro. La bottarga. La 'nduja. Cose buone, ma inadatte a un consumo quotidiano.

Sono sicura, Iris, che perfino tu, Ipazia e Sandra, che mangiate qualsiasi cosa e non conoscete né dieta né vegetarianesimi, perfino voi, nell'abominevole cucina di Venezia, avete qualche barattolo persistente del cui contenuto non riuscite a disfarvi.

Io ho una scatola di polenta vera, quella che si fa rimestando la farina a mano per diciotto ore circa, che era in un cestino di Natale. Tre Natali fa. Sto aspettando che scada per buttarla. Che senso ha? Non sarebbe piú onesto buttarla subito? Eh sí, ad averne il coraggio.

22. «Art in crochet»

La pagina Facebook si chiama «Art in crochet» e davanti a me c'è la Monna Lisa che indossa un gilet all'uncinetto tutto smerli e rosoni, verde muschio. Accanto a lei, la Venere di Botticelli è castamente velata da un coprispalle all'uncinetto color spuma del mare, sempre con elaborati punti fantasia, lontani anni luce dal maglia bassa/alta/altissima/mezza che utilizzavo io per fare informi copertine per le bambole di Iris. Completa il trio la Fornarina, con sciarpa e berretto in tre tonalità di arancio.

– Li vendono come il pane, Lilli. Me l'hanno detto i gemelli. Credo abbiano comprato qualcosa pure loro, per regalarli alle girlfriends.

I gemelli sono i miei nipoti, i figli di Ludovica e Simone. Si chiamano Matteo e Lorenzo, come la maggior parte dei loro coetanei, e sono a Londra a fare un master di qualcosa in diversi settori della finanza. Secondo la vulgata familiare sono perfetti, ma Iris mi ha confidato che si drogano parecchio e scommettono sui combattimenti di galli.

La vita è cosí, che io so robe sui figli di Ludo e lei sa robe su Iris, solo che io sto zitta e lei parla.

– Ecco perché non dà gli esami.

– E come fa? Lo vedi quanto è brava? Per uncinettare cosí si deve impegnare un sacco. Lei e Ipazia fanno i capi, e una loro amica grafica li mette addosso ai quadri famosi. Spaccano, dicono i ragazzi.

– Ma come cavolo le è venuto in mente! È scema? Vuole buttare all'aria anni di studio per fare l'uncinetto?

Ludovica annuisce, finisce il suo orzo, sospira, mi assicura che è solo una fase e che anche Matteo e Lorenzo, prima di laurearsi con mille e lode, per qualche mese hanno detto che volevano diventare istruttori di equitazione.

– Si ribellano al percorso, – mi spiega, con la sua filosofia prêt-à-porter da psicologa scolastica (è una psicologa scolastica), e se ne va.

– Domani parto per Venezia e la spezzo in due –. È il sereno commento di Francesco quando lo metto al corrente. Lo so, lo so, non avrei dovuto metterlo al corrente. C'è sempre tempo, per mettere al corrente. Mettere al corrente non deve mai essere una priorità. Ma io sono abituata a dirgli tutto, sono una donna senza segreti, e non avrei neanche il posto dove metterne uno, dentro di me.

– Non fare l'isterico. È una fase. L'ha detto anche tua sorella. Pure i gemelli...

– Non me ne frega niente dei gemelli! Stiamo parlando di mia figlia! Cazzo, non siamo negli anni Settanta! Non è una fricchettona che vende sciarpe alla cannabis!

– Non esiste questa cosa!

– E che ne sai? Guarda che dall'uncinetto alla droga è un attimo!

– Sei scemo?

– Voleva lavorare nelle organizzazioni internazionali!

– La gente cambia. Capisci questa parola? CAMBIARE.

– No. Questo non è un cambiamento, è una cazzata.

– Te l'ho detto, è solo una fase. Dài. Tutti passiamo dei periodi in cui vogliamo fare cose assurde... Io da ragazza volevo fare l'assistente scenografa di Tarantino.

– No, non tutti. Io non ho mai voluto fare cose assurde.

– Eh certo, tu sei la roccia universale. A sette anni volevi fare il botanico e non hai MAI CAMBIATO IDEA. Ma ti sembra normale?

Francesco è l'essere piú costante che esista, una cosa

che mi manda in bestia. Ne beneficio, in un certo senso, perché avendomi scelta una volta mi ha scelta per sempre. Ma fa lo stesso con il gorgonzola, le vacanze in Toscana, i maglioni blu scollati a V, gli orologi rettangolari. I suoi gusti sono eterni. E non capisce noi esseri ondivaghi che un giorno ci piace una cosa, un altro giorno non ci piace piú... ma io capisco Iris, e decido che se vuole vivere vendendo gilet all'uncinetto, per quanto mi riguarda è okay.

Ma come ho detto non sono stupida, e lo placo.

– Dài. Non ti preoccupare. Diamole tempo fino a novembre, ok? Se a novembre non dà l'esame, interveniamo. Per adesso, non diciamole nulla. Casomai faccio un salto io a Venezia a ved...

Il telefono manda la notifica di un messaggio, lo guardo distrattamente ma la distrazione passa subito, perché il messaggio arriva da Samantha.

Samantha mi dà appuntamento in videochiamata per domani pomeriggio ore 16. Per essere strasicura, chiamo Alice.

– Ti leggo il messaggio: «Videocall you tomorrow four pm». Four pm sarebbero le quattro di pomeriggio, vero?

– Direi, escludendo che ti chiami alle quattro del mattino.

– Che ne sai? Magari è in un posto dove per lei le quattro del mattino sono mezzogiorno.

– Se per lei le quattro del mattino fossero mezzogiorno, perché ti avrebbe scritto ti chiamo alle quattro del mattino?

– Mi ha scritto che mi chiama alle quattro del pomeriggio infatti!

Sento Alice sospirare pesantemente. – Lilli, ma tu sei riuscita a prendere un diploma?

– Mi sono laureata, cara. Economia e Commercio. Mia mamma ne ha fatto una malattia. Voleva che mi laureassi in Lettere, ma io...

– Stop. Non ho tempo. Devo andare a prendere Ondina che arriva da Copenhagen.
– Non era svedese, suo padre?
– Sí, ma lavora in un teatro danese. E lei pure. Fa l'attrice svedese in Danimarca.

Lo dice come se fosse una professione. Cioè, una professione specifica: fare l'attrice svedese in Danimarca. Quanto mi piacerebbe saperne in lungo e in largo dei figli di Alice!

– Va beh, ciao.
– Ciao. Fammi sapere, dopo la videochiamata.

Anche Cecilia mi dice di farle sapere, quando le racconto le novità. È a Brno, per un incontro tra Isabella Valdieri e il suo Stato Maggiore con i produttori della Becherovka. La Valdieri ha chiesto un look dal sapore Est Europa, e Cecilia ha lavorato giú duro di coroncine con nastri e pettorine nere. Ma a tenere banco, piú che il messaggio di Samantha, è il mancato appuntamento con Angelo.

– Dovevamo vederci ai Navigli alle sette, l'altro ieri. Veniva apposta. Ha spostato mari e monti di impegni con le viti e con i bambini, ed è venuto. Perché mi ama, Lilli.

– Okay. E tu?
– Anch'io.
– No, intendevo, e tu che hai fatto? Non sei andata e basta o hai disdetto all'ultimo?
– Non sono andata e basta. Lui ha aspettato tipo tre ore, mandandomi messaggi a cui non ho risposto. Poi ho avuto paura che pensasse che ero morta o ero rimasta bloccata in ascensore, tipo *Insonnia d'amore*…
– Non è rimasta bloccata nell'ascensore, sono loro che prendono l'ascensore, Tom Hanks e suo figlio, e lei…
– Ok, Lilli, ok. Gli ho mandato un messaggio dicendo che stavo bene. Punto. Senza spiegazioni, senza niente. Lui mi ha risposto: «Lieto di saperlo». E non l'ho mai piú sentito.
– Mai piú sarebbe dall'altro ieri, non è tanto.
– È finita. Ora mi vede di sicuro come l'ultima delle stronze e non mi cercherà piú.

– Che era quello che volevi.
– Non lo so! – Cecilia scoppia a piangere, ma non ci faccio tanto caso perché Ceci scoppia a piangere con estrema prontezza. – Forse volevo che si precipitasse da me disperato supplicandomi di sposarlo!
– Non può precipitarsi a Brno.
– Certo che potrebbe, se volesse! E invece è tornato in quelle stupide Langhe a fare i suoi vini e si dimenticherà di me.
– Ma tu non vuoi sposarlo, ricordi?
– No, ma vorrei che lui me lo chiedesse disperato scendendo da un treno alla stazione di Brno!
Con Cecilia ci vuole pazienza, e io ce l'ho, perciò la blandisco dicendole che è meglio cosí, che se no in un attimo si sarebbe ritrovata a vivere in una cascina con tre figli.
– Hai idea di quanti costumi di Carnevale dovresti tagliare nel feltro? E i colloqui con le maestre? I compleanni degli amichetti con la corsa all'ultimo minuto a cercare un regalo? Credimi, non è vita per te.
– L'ho scampata bella.
– Sí sí, brava. Ti faccio sapere di Samantha.
– Fai una foto della schermata. Voglio proprio vedere com'è, 'sta indimenticabile.

Ma il giorno dopo alle quattro, quando emozionatissima rispondo alla videochiamata di Samantha, mi trovo davanti una donna velata stile Islam. Vedo solo due occhi azzurri. Che mi fissano a succhiello. Per un attimo nessuna delle due parla, poi io dico la cosa piú ovvia.
– Samantha? Sei tu?
– Sí, sono io. Tu sei Lilli? – Per fortuna parla italiano, perché un colloquio in inglese sarebbe stato pietoso.
– Sí, certo che sono Lilli.
– Prendi un tuo documento e fammelo vedere.
Sento che mi sto inoltrando in una storia loschissima.

E mi piace! Per fortuna ho la borsa a portata di mano e le faccio vedere la carta di identità. Ho quella elettronica, con la foto grande come un fagiolo, ma Samantha annuisce.
– Lilith? – chiede. – Non me l'aveva detto, Noemi, che ti chiami Lilith.
– Dov'è Noemi? Sai dov'è?
– Certo. Ascoltami bene. Lo vedi che ho la faccia coperta?
– Sí. Sei una convertita all'Islam?
– Manco morta. Ma non devi vedermi in faccia perché sono ricercata. A livello internazionale.
Lo dice con un tono compiaciuto, mi verrebbe quasi da farle le congratulazioni.
– Sono qui solo per accertarmi che tu sia tu. Noemi vuole vederti.
Mi batte il cuore a mille! Noemi vuole vedermi! Non mi ha dimenticata!
– Non mi ha dimenticata!
Samantha alza gli occhi al cielo. – No. Non ha mai desiderato rivedere nessuno, nemmeno suo padre, ma te sí… – fa una vocetta lagnosa. – Lilli… Lilli… la mia amica… gne gne gne…
– È ricercata anche lei?
– No, e comunque non fare domande. Allora. Vuole vederti sabato a Montemarcello. Nell'Orto Botanico. Ore undici del mattino. Sola. Assolutamente, totalmente sola. Se ci sarà qualcuno con te, non la rivedrai MAI PIÚ.
– E lei…
Mi interrompe. – Ah. Dimenticavo. Dice che devi portare il disco azzurro.
– Eh?
– Dice che avresti capito. Che devi arrivare tenendolo dritto davanti a te. Lei ti osserverà da un nascondiglio. Se non ce l'hai, se ne andrà senza farsi vedere.
Buio. Chiude la chiamata. Neanche un ciao, niente. Ma che mi importa? Sono inebriata! Sabato alle undici

nell'Orto Botanico di Montemarcello rivedrò Noemi! La rivedrò sicuramente perché sí! sí! Ho capito cosa intende per disco azzurro e sí, ce l'ho!

Mi prende male al pensiero di quante volte sono stata sull'orlo sdrucciolo di buttarlo via e non l'ho fatto. Se l'avessi fatto, niente Noemi. La nostra vita non è appesa soltanto a un filo, è appesa a tanti fili sottilissimi, cosí spezzabili...

Ma non pensiamoci, il disco azzurro ce l'ho e rivedrò Noemi. Che non sarà latitante ma sicuramente non fa neanche una vita normale. Ma dov'è Montemarcello? E se fosse in Sicilia?

– Non hai visto i cartelli? – mi chiede Alice quando la chiamo, cioè sei secondi dopo che Samantha ha attaccato. – Quando siamo andate ad Ameglia. C'erano continuamente cartelli per Montemarcello. È lí. Da qualche parte lí intorno. Credo subito sopra.

Meno male che esiste Alice Lampugnini, penso con un moto di affetto, che vede i cartelli e sa le cose.

– Vengo anche io, – dice Alice.

– No no. Devo andare sola.

– All'appuntamento. Ma fino ad Ameglia posso venire. Mi piace quel posto. Voglio prendermi una casa.

E naturalmente, quando glielo dico, decide di venire anche Cecilia, per distrarsi, dice. Per non pensare ad Angelo. O per pensare ad Angelo seduta in riva al mare. Comunque sia, decidiamo di partire sabato all'alba.

Decidiamo anche di stare mute con Santafede, dev'essere Noemi a scegliere se vuole fargli sapere qualcosa o no.

– E Corradeghini? – mi chiede Cecilia. – Glielo dici che hai visto Samantha, o almeno metà faccia di Samantha?

– Meglio di no. Non stuzzicare una vita che dorme, ti pare?

L'ORLO APPICCICHINO

Orlo appiccichino, io ti amo, ti stimo, ti onoro come il padre e la madre.
Orlo appiccichino, se sapessi scrivere una poesia, la scriverei per te, e vorrei essere brava come quella scrittrice polacca che ha vinto il Nobel.

Orlo appiccichino santo santo santo
per noi figlie di un tempo sbadato
che non ci ha insegnato
a usare la macchina da cucire, a pedalare veloci coi piedi mentre ruotiamo la ruota con le mani
per noi che se vogliamo fare un orlo, dobbiamo prendere l'ago e ricordare che punto usare.
Erba? Mosca? Sopraggitto?
Filza. Alla fine facciamo il punto filza
e il tempo va, passano le ore, l'orlo viene male,
se l'orlo è di una tenda la tenda resterà per sempre brutta,
e la cosa peggiore è che puoi stirare e guardare una serie
ma non puoi cucire e guardare una serie.
Ma c'è l'orlo appiccichino!
La merciaia me lo vende col sorriso, a metri e decametri, quanto ne voglio,
costa poco, è un lusso sostenibile,
lo piazzi, scaldi il ferro, et voilà.
Ti venero, orlo appiccichino.
È vero, duri poco,
ma in fondo è cosí per tutte le cose belle.

23. Cip o Ciop

La bomba scoppia mercoledí pomeriggio. Sto facendo il cambio di stagione, e già non sono di buon umore perché il mio golfino rosa preferito, riposto amorevolmente in maggio, emerge dallo scatolone con un grosso buco sul gomito. Tarme. Ed è solo colpa mia, perché non ho messo la...

DRIIIIN! Scampanellata isterica al citofono. Poso il golfino giusto un attimo prima di cominciare a imprecare contro le tarme, e bella irritata chiedo chi è, pensando a uno scherzo di qualche ragazzino instabile del quartiere, ma nel videocitofono appare un viso sfigurato dalla rabbia e dalle lacrime. Marcella!

– Aprimi, vigliacca!

Oh madonna.

– Che succede, Marcella?

– APRIMI! – urla, e allora le apro, anche perché la signora del pianterreno si è già affacciata. La signora del pianterreno vive dietro la finestra, pregando che Dio le mandi un motivo qualsiasi per affacciarsi e farsi la giornata.

Quando apro la porta Marcella si catapulta dentro come un cartone animato. La cosa piú animata, però, è che è vestita da scoiattolo.

– Tu lo sapeeeeviiii! – strilla puntandomi contro un dito. La sua faccia sbuca da una tutona di peluche marrone chiaro, ha la coda, e un cappuccio con le orecchie da Cip e Ciop reclinato dietro le spalle. Anche le zampette a guanto sono aperte, se no non potrebbe puntarmi contro un dito.

– Marci! Non puoi minacciarmi cosí, vestita da scoiattolo!

– Non ti preoccupare di come sono vestita, lurida carogna!

Eh no. Dài. Adesso esagera.

– Tutto questo perché?

– Perché tu lo sapevi benissimo che Piero ha una storia con quella troia di Bunni, e non con quella stronza bugiarda della Cometti!

La prendo per un braccio, la trascino in cucina e la piazzo su una sedia.

– Marci, solo tu potevi veramente credere che tuo marito si facesse la Cometti. Ma l'hai vista la Cometti? Ha le scarpe col Vibram, la faccia dodecafonica e non si depila le ascelle!

– Era troppo sperare di essere tradita con una donna normale, vera, come siamo noi, e non con una pupattola tutta tette e culo?

– Ma certo che era troppo. Piero una moglie bella e intelligente già ce l'ha. Se è per tradirla, è *logico* che cerchi una pupattola!

– E perché mi avete presa per il culo tutti quanti? Me lo merito? Secondo te me lo merito?

Secondo me sí, se lo merita come punizione per la sua stupidità, ma naturalmente non glielo dico, ci mancherebbe.

– Mi dispiace. Davvero. A me, e anche a Francesco, è sembrato che fosse meglio cosí, che in questo modo il tuo matrimonio non sarebbe finito, e Piero avrebbe avuto il tempo di stufarsi di quella.

– E invece non si stufa... non si stufa... – Scoppia a piangere disperata, ed è molto strano avere un grosso scoiattolo che piange nella mia cucina.

– Come l'hai saputo? – Prendo il rotolo di Scottex e glielo passo. Sento che lo consumerà tutto.

– Stamattina l'ho seguito. Mi ha detto che andava a correre al Valentino, ma è un sacco che non ci va, e mi sono insospettita. Cosí ho chiamato a casa della Cometti.

– Alle?
– Sette e un quarto. Senti, ma chi se ne frega! Avrei chiamato anche alle tre di notte! Mi sono stufata di essere quella che sta sempre un passo indietro e intanto gli altri la calpestano!

Secondo me quello che ha detto sfida le leggi della fisica, ma non lo faccio notare a Marcella.

– Mi ha risposto sua sorella... lo sapevi che vive con la sorella?

– No ma non mi stupisce.

– E mi ha detto che Eliana è a Bucarest da una settimana. Mi sono sentita una merda... ho pensato di aver sospettato ingiustamente di un uomo... come si dice?

– Redento?

– Innocente. Ma...

Pausa a effetto. Io sono un pochino impaziente, stavo facendo il cambio di stagione e ho una pila di cappotti incellofanati sul letto. Non va bene.

– Ma cosa? Dài...

– Ho trovato uno scontrino nel cestino. Della farmacia. Ieri ha comprato un pacchetto di Skyn Extra Lubricated.

Silenzio. Sappiamo tutte e due cosa sono gli Skyn Extra Lubricated.

– E non li usate, voi?

– Ma figurati! È una vita che cerchiamo di fare un figlio.

– E cosí?

– E cosí sono uscita con questo addosso e sono andata al Valentino a vedere se c'era.

– E come mai avevi a portata di mano un costume da scoiattolo? – le chiedo, poi mi ricordo: – Ah. Niente. Non dirmelo, lo so. Te l'ha prestato la tua amica detective di Rivabella.

– Sí. È utilissimo. Impossibile identificarmi.

– Ma non ti sentivi un po' strana ad attraversare corso Massimo vestita da scoiattolo?

– No. Il Valentino è pieno di scoiattoli.

– Ma non alti uno e sessantacinque!
– Nessuno ci ha fatto caso. Invece sai quando mi sono sentita strana? Lo sai? Quando L'HO VISTO SU UNA PANCHINA CHE BACIAVA BUNNI, ecco quando!!!

Ma è cretino, Piero? A trecento metri da casa sua, bacia Bunni su una panchina? È scemo che piú scemo non si può?

Intanto ho acceso il bollitore, e le ho preparato, senza neanche chiederglielo, una tisana alle Erbe Rasserenanti. Speriamo! Ci sbatto dentro anche due bei cucchiai di miele.

– Ascolta Marci, se Piero la bacia su una panchina a trecento metri da casa è perché, consciamente o no, vuole farsi scoprire, cosí tu lo butti fuori. Gli vuoi fare questo grande favore?

– Buttarlo fuori? Sarebbe un favore?

– Ma certo. Adesso almeno. Poi sicuro come l'oro che fra sei mesi o un anno maledirà il giorno che per la prima volta quella gli ha tolto i pantaloni, ma per il momento sarebbe un grande favore. Tu lo cacci, lui se ne va da lei ma senza sensi di colpa, perché sei stata TU a cacciarlo. Capisci?

Marcella a questo punto piange, e inizia una tiritera infinita sull'amore, il tradimento e la fiducia. È interessante, ma io non ho veramente tempo. Devo fare in modo che si alzi da quella sedia ed esca dalla porta, cosí posso finire il cambio di stagione prima che sia ora di preparare la cena. La giornata di una casalinga è molto intensa, e non consente grandi spazi per visite impreviste di amiche in lacrime.

– È tutto vero quello che dici, ma adesso non è il momento della filosofia, è il momento di concepire una strategia. E io ce l'ho.

Comunico a Marcella il mio piano, le consegno lo strumento per metterlo in atto, e lei se ne va, triste scoiattolo tradito.

La guardo dalla finestra e penso che Piero è uno stupido. Una donna che ti ama al punto da pedinarti vestita da scoiattolo, o da palma, è insostituibile.

Puntuale, il telefono suona alle sette. Francesco è tornato a casa da un po' e mi sta parlando con entusiasmo di qualcosa che hanno trovato alle Porte Palatine, un monumento romano di questa città. Una piantina che si credeva estinta o roba del genere. Io lo ascolto con il massimo dell'interesse a mia disposizione per le piante estinte, e intanto osservo una serie di teglie, cercando di decidere qual è quella delle dimensioni piú adatte a una parmigiana per due. Troppo grossa o troppo piccola? La scelta è sempre fra queste due possibilità, perché notoriamente la teglia perfetta per... driiin...

– Scusa. È Piero.

Va a rispondere di là, questa è una bella abitudine che abbiamo entrambi, andare sempre a rispondere di là, perché io non ho voglia di sentire le sue chiacchiere con i colleghi e lui non ha voglia di sentire le mie con mia madre. Solo quando chiama Iris facciamo squadra.

Lo sento esclamare, parlare in tono ragionevole, parlare in tono irritato, e poi il fatidico, e previsto: – Aspetta che chiedo a Lilli, magari lei ne sa qualcosa.

– Lilli... – entra in cucina placidamente trafelato. – Pare che Marcella sia sparita. Piero è arrivato a casa stasera e non c'era. Ha lasciato un biglietto sul tavolo della cucina, con scritto «Non mi cercare, mi farò viva quando ne avrò voglia, cioè forse mai».

Perfetto. Esattamente quello che le ho detto di scrivere.

Alzo le spalle. – Beh, l'ha visto che baciava Bunni su una panchina, cosa ti aspetti?

– Ehhhh? – Scuote la testa e mi passa il telefono.

«Ciao Piero».

«Lilli! Dov'è Marcella? Che è successo?»

«Quello che speravi, immagino. Se ti sei messo a baciare Bunni su una panchina a trecento metri da casa tua, era perché volevi farti beccare, no?»

«Ma cazzo! Come ha fatto a vedermi?»

«Purtroppo noi donne non siamo mai stupide quanto voi sperate».

Gli spiego dei sospetti, e della telefonata a casa Cometti. Tralascio il costume da scoiattolo.

«Mi ha telefonato e mi ha detto che se ne andava».

«Ma tu? Cazzo, non le hai detto di aspettare? Di parlare, porca troia di una troia?»

«Le parolacce non servono. Certo che gliel'ho detto, ho cercato di convincerla in tutti i modi, ma lei mi ha detto che non vuole piú essere trattata da scema».

«E dov'è andata?»

«E chi lo sa. A me non l'ha detto. Mi considera vostra complice, e in fondo ha ragione. Mi spiace, Piero».

Vorrei tanto aggiungere «Chi è causa del suo mal pianga se stesso», ma non sono una bambinaia degli anni Sessanta.

NAFTALINA

Per cambiare la stagione, ci vuole la naftalina. Si tratta del piú semplice degli idrocarburi policiclici aromatici: la sua formula è Cdieci Accaotto, semplicissima davvero. La molecola è planare, e come struttura ha due anelli benzenici condensati. Un gingillo chimico.

Un tempo era l'ingrediente principale del cambio di stagione, insieme all'armadio. Altri ingredienti da non sottovalutare erano i sacchi di plastica, ma solo per le perfezioniste. Anche le sciatte, però, due palline di naftalina in tasca a cappotti e tra le maglie di lana le mettevano, per scoraggiare le tarme. Perché le tarme, a differenza di Eta Beta, non mangiano la naftalina e anzi ne hanno paura. Sentono quella puzzetta d'idrocarburo e scappano. Volano via rinunciando a papparsi un pezzetto della tua maglia. Quindi per molto tempo la casalinga e la naftalina sono state alleate inseparabili.

Poi è cominciata l'era dei dissuasori non nocivi. La naftalina ha perso terreno, in quanto roba chimica. Casalinghe con i fiori fra i capelli hanno cominciato a proteggere i maglioni con: arancia, chiodi di garofano, alloro, cannella, rosmarino, anice stellato. Non c'era piú differenza tra il cappotto e l'arrosto. Anche il balsamo di tigre è un buon antitarme naturale, per il semplice motivo che il balsamo di tigre è un rimedio universale per tutto, quindi anche per le tarme.

Il problema degli antitarme naturali, adorabili perché funzionano e lasciano un buon profumo, è che bisogna prepararli. Osservate la differenza:

- prendi le foglie di alloro, le sminuzzi, ci metti insieme una grattugiata di cannella, due chiodi di garofano e una scorzetta di arancia ottenuta tagliuzzandone la buccia. Metti il tutto in un sacchetto, infili il sacchetto fra le maglie, ripeti la procedura con molti altri sacchetti.
- apri la confezione di naftalina e spargi le palline un po' dappertutto.

E cosí, la scelta finale è non fare niente. Come tante volte nella vita: non si ha voglia di fare la cosa giusta, e quindi ci si limita a non fare la cosa sbagliata. Non so se basta, però. All'ultimo cambio di stagione non ho messo niente negli scatoloni delle maglie. Ed eccolo qui, il mio golfino preferito rosa, con un buco sul gomito.

Tornerò alla naftalina. Sarà anche un idrocarburo policiclico aromatico, ma è il piú semplice, il piú perdonabile.

24. Datura fastuosa

Ore cinque del mattino, eccomi sveglia. Francesco apre un occhio, mi guarda mentre scivolo giú dal letto.
– È presto... sono le cinque... dormi ancora un po'.
– Non posso. Troppe cose in testa. Ciao amore mio, ti chiamo quando arrivo.

Si gira e si riaddormenta. Guardo i suoi capelli arricciolati con un certo trasporto. Quando gli ho raccontato di Samantha e dell'appuntamento misterioso ha fatto la faccia scura e ha detto:
«Questa storia non mi piace».
«E il budino?»
Gliene ho scodellato un quarto di forma nel piatto, per ammansirlo.
«Sí, il budino sí, ma l'appuntamento misterioso, la donna velata... sembra roba da reality».
Mi sono fatta una risata. «Beh, menomale. Una volta uno avrebbe detto: può essere pericoloso, stai attenta, e se ti rapiscono... oggi la paura peggiore è che salti fuori, che ne so, Leandra Toffolin con un microfono».
«Adesso che me lo dici, sí, forse potrebbe anche essere pericoloso...»
«Ma dài... L'appuntamento misterioso all'Orto Botanico... secondo me è come da bambine, quando giocavamo a *La banda dei cinque*».
Francesco ha annuito. «Probabile. Comunque chiamami, ok? Quando arrivi... quando hai finito...»
Lo avevo rassicurato, e ora noto con piacere che l'an-

sia non lo disturba, visto che si è riaddormentato in cinque secondi.

Io vado in cucina a farmi il caffè, poi me lo porto in bagno, dove ieri sera ho trasferito la maggior parte del mio guardaroba. Non ho ancora deciso come vestirmi per incontrare Noemi. Per un attimo mi era balenata l'idea di ripropormi com'ero vestita l'ultima volta che ci siamo viste, a quindici anni... nella nostra città nessuno si perde mai del tutto, ed eravamo finite allo stesso compleanno... io al tempo frequentavo due negozi di abbigliamento, uno si chiamava Inferno e l'altro Suicidio. Il mio capo base era la calzamaglia nera bucata messa sulle calze a rete. Su questo plafond aggiungevo strati a caso di altri indumenti neri assortiti. Rossetto viola, occhi modello Nefertiti. Mi sentivo fighissima e, per quel che ne so, lo ero. Noemi non me lo ricordo com'era vestita, probabilmente aveva qualcosa d'inamidato, perché la cara e defunta Clelia inamidava a perdita d'occhio. Ma si inamida ancora, oggi?

Va beh. Non ho tempo di cercare su Google «inamidare oggi», e comunque sarebbe complicato riprodurre fedelmente la Lilli del 1987, ad esempio non possiedo piú calze a rete. Alla fine mi vesto come al solito, tenendomi comunque un po' sullo scuro per non scioccare Noemi con la mia recente passione per le sfumature del lilla. Tanto mi riconoscerà dal disco.

E sto prendendo proprio il disco azzurro dallo scatolone in cui giace da piú di trent'anni, quando il cellulare buzza per un messaggio di Cecilia.

non riesco a venire poi ti spiego che casino

stai bene?

no cioè in senso fisico sí ma è un casino poi ti spiego

Provo a chiamarla ma non risponde. La rimessaggio.

Ceci? Che succede? Mi devo preoccupare?

Dopo pochi secondi arriva la risposta:

non subito. Tranquilla, ti chiamo piú tardi.

In effetti, non mi preoccupo. La conosco troppo bene. Sarà una faccenda di uomini. Avrà conosciuto l'ennesimo, sarà con lui, ma per non paccarmi apertamente esagera, probabilmente il casino è che lui abita a Rovigo e lei ha passato la notte lí e si è appena resa conto che da Rovigo a casa mia ci sono almeno quattro ore di viaggio.

Le rispondo *ok, non preoccuparti, ti faccio sapere*, e scendo.

Alice Lampugnini è lí. Lei è immune da imprevisti. Qualunque imprevisto, se vede Alice Lampugnini, gira i tacchi e se ne va.

Partiamo.

Qui, ferma davanti al cancello dell'Orto Botanico, chiuso con catena e chiavistello, rimpiango di aver lasciato Alice a Sarzana, agenzia immobiliare Fratelli Fiumaretta. Improvvisamente mi sembra possibile che Noemi sia morta da anni, che l'abbia uccisa Samantha, che Samantha sia una pazza, una killer, e che mi abbia attirata qui per far fuori anche me. È veramente la spiegazione piú logica, e mi darei dei pugni in testa per non averci pensato prima. È Samantha che telefona al padre fingendosi Noemi. E Noemi da quell'agosto del 2003 giace sepolta da qualche parte, anzi, non da qualche parte, probabilmente qui, nell'Orto Botanico. Grazie al suo sinistro senso dell'umorismo Samantha mi ha fatta venire per uccidermi sulla sua tomba. E perché vuole uccidermi? Semplice, perché sto cercando Noemi, e prima o poi potrei scoprire che NESSUNO l'ha vista uscire dall'Hotel Punta Bianca, NESSUNO l'ha vista partire, NESSUNO l'ha piú vista viva dopo quella notte di agosto. Samantha, nascosta dietro quel velo...

Oh, no. A questo punto la morsa del terrore affonda

dita ancora piú aguzze nel mio stomaco. ANCHE SAMANTHA È MORTA quella notte! Samantha, in realtà, è ALBERTO CORRADEGHINI!

Ecco perché era velata, la donna! Perché era un uomo.

Infatti ora che ci penso anche Alberto Corradeghini ha gli occhi azzurri. Un po' di mascara e via!

Le ha uccise lui tutte e due, è ovvio. Fin banale. Ha ucciso Samantha quando lei gli ha detto, sghignazzando: «Restare qui con te? Sposarti? Ma manco morta».

«Morta sí, invece!» ha urlato lui, schiacciandole il cranio con un pietrone. E poi ha ucciso anche Noemi perché aveva visto.

Ecco perché aveva la voce distorta nella videochiamata!

Già, ma poteva essere lui a telefonare al padre di Noemi?

Per quanto limitato e anaffettivo, il geometra Arnaldo Pontini non si sarebbe accorto che a parlare non era sua figlia ma un maschio in falsetto?

Boh, forse c'è un autotune anche per parlare...

Sto per girarmi e scappare verso la macchina, già sapendo che non ci arriverò perché Alberto (o al limite Samantha) mi acciufferà in un baleno, quando mi ricordo che Noemi prima di sparire è tornata per un giorno a Milano. E che Giorgio Santafede l'ha vista viva.

Ahhh... aiuto. Forse è stato Giorgio Santafede a ucciderla, e per sedici anni ha fatto finta di cercarla per crearsi un alibi, o forse la cercava davvero perché è pazzo, ed è lui a fingersi Samantha, dopo aver ucciso anche lei, e adesso è qui acquattato...

Niente.

È l'effetto *Revenge*. In *Revenge* nessuno è chi è, i morti sono vivi, i vivi sono qualcun altro, e per uccidere una persona devi ammazzarla almeno tre volte.

Tiro fuori dalla borsa il disco azzurro, e lo tengo davanti a me.

Guardo il lucchetto e la catena che chiudono il cancello, immagino che li aprirà Noemi quando arriva, ma dopo dieci minuti guardo meglio e noto che il lucchetto è già aperto, e proprio mentre allungo una mano per liberare la catena, una voce dice:

– Ci siamo? O contavi di restare lí davanti per tutto il giorno?

Entro, e mi giro verso la voce: sulla mia sinistra, davanti a un enorme cespuglio di lantana, c'è Noemi. Mamma mia, quanto è diventata bionda.

25. Clelia dalle nuvole

– Un pirata tutto nero che per casa ha solo il ciel | Ha cambiato in astronave il suo velier! – la sento cantare mentre mi avvicino.

– Il suo teschio è una bandiera che vuol dire libertà | Vola all'arrembaggio però un cuore grande ha! – rispondo tenendo il disco con le braccia tese davanti a me.

È il leggendario 45 giri col vinile azzurro, la sigla di *Capitan Harlock*, sul lato B *I corsari delle stelle*. Non era il nostro cartone preferito, andavamo matte per *Lady Oscar*, *Candy Candy* e *Heidi*, di cui però piú che le caprette apprezzavamo la elegantissima casa di Clara, con tutte quelle tovaglie e candelieri. Ma un giorno uno zio di Noemi le aveva regalato il 45 giri con la sigla, e non era come tutti gli altri 45 giri. Era azzurro! Un azzurro intenso, come il cielo in cui volava Harlock. Me l'ero fatto comprare anch'io, e insieme lo avevamo eletto a Tesoro Preziosissimo. Un pomeriggio, subito dopo o subito prima della merenda, avevamo giurato di non separarcene mai. Quali che fossero stati i casi della vita, anche se fossimo finite principesse o dive, avremmo sempre conservato gelosamente il disco azzurro. Per suggellare il giuramento avevamo pensato di farci un taglio sul polso e mischiare il sangue ma per fortuna eravamo due bambine con pochissimo coraggio, e cosí come ripiego ci eravamo spalmate sul braccio un po' di Nutella e avevamo mischiato quella. Comunque un giuramento è un giuramento, e il disco azzurro non lo avevo mai buttato.

Circondata da piante che Francesco chiamerebbe per

nome, roba tropicale che io classifico globalmente come «tipo banani», Noemi è innanzitutto biondissima. In origine, aveva semplici capelli color castagna, belli dritti e pesanti, e cosí l'avevo vista anche nelle foto di Giorgio Santafede. Adesso erano perfino piú biondi dei miei, ma sempre dritti e pesanti. Per il resto, è molto simile a quelle foto, solo con sei, sette chili in piú d'ordinanza. Cioè, li ho anche io.

– Hai sempre voluto essere bionda, – le dico, invece di salutarla.

– Come te. Ciao Lilli.

Ci avviciniamo, caute, posiamo il disco e poi, irresistibilmente e secondo natura, ci abbracciamo a toglierci il respiro.

– Noemi! Accidenti a te! Sei sparita!

– E tu perché mi hai cercata?

Ci guardiamo, ridendo, con la faccia di quando eravamo bambine.

– Perché ho smesso di lavorare e faccio la casalinga.

– Cioè?

– No, no. Prima tu. Racconta. Come stai? Dove vivi?

Respira. – Tu non mi vedi. Ricordatelo. Io non sono qui, noi non ci siamo viste, nessuno deve sapere niente. Sei sola?

– Certo –. Sto ben zitta a proposito di Alice Lampugnini. La metto in un taschino del cervello, e poi deciderò cosa fare.

– Quando Samantha mi ha detto che mi cercavi, mi è preso un colpo. Cioè, in tutti questi anni mi ha cercata solo quel piagnucolone di Giorgio. Mio papà, per dire, si accontenta di sapere una volta all'anno che sono viva. Mia nonna, gli amici, nessuno, zero.

– Come lo sai?

– So tutto. M'informo di tutto. Dove sto io, sappiamo tutto. Okay, sono io che sono sparita, però...

– Però siete tutti uguali, voi che sparite. Lo fate per essere cercati. A te è andata bene che esisto io. Se no ciao.

– Lilli –. Mi guarda estasiata. – Che fai? Ti sei sposata?
– Sí. Con Francesco Rebora. Abbiamo una figlia di ventun anni, Iris. E tu?
– No, non sono sposata... e non ho figli... vieni, sediamoci.

Noto adesso che semisepolte dalla vegetazione ci sono delle panche di ferro tutte lavorate, saranno liberty o qualche altro stile antico. Ci sediamo lí, e Noemi mi fa una domanda che proprio non mi aspettavo.
– Conosci Nathan Jay Goldstern?
– Eh? Sí, certo. Quello che non è Steve Jobs.
– Steve Jobs è morto.
– Lo sooo... l'altro, no? Quello coi capelli rossi.
– Lui. Ipermiliardario, filantropo, benefattore, sposato con Susan, filantropa e benefattrice.
– Ok. E quindi?
– Lavoro per lui.

Mi sembra un anticlimax pazzesco. Tutta sta fatica, e poi fa l'impiegata da qualche parte in Alabama.
– E allora? Lavori per Goldstern, sai che roba! Perché sei sparita?
– Perché lavoro in segreto per Goldstern. Un lavoro che nessuno sa che esiste.

La guardo, per una volta ammutolita. Dunque ci avevo preso. Noemi è diventata una spia. Ecco perché si è fatta bionda. Per la prima volta, esamino attentamente com'è vestita. Pantaloni di lino beige... camicia a fiorellini sfondo beige... cardigan lilla come alcuni dei fiorellini. Le piace il lilla! Come a me!

E grossa borsa. Molto grossa. Una bella borsa grande, quelle specie di monolocali che ci portiamo dietro noi donne. Dentro, sicuramente c'è una pistola.
– Sei una spia? – lo dico senza voce, sillabando solo con le labbra.

Noemi non capisce: – Eh?
– Sei una spia? – sussurro pianissimo.

Lei ride. – Lilli! Sei sempre scema come da piccola. No, sono una governante.

Nathan Jay Goldstern, mi racconta Noemi, interrotta da molte domande, ha una vita segreta, di cui nessuno sa nulla, nemmeno i piú abili giornalisti. E questa vita segreta la vive in un piccolo castello del Liechtenstein.
– Gli piace essere frustato da donne molto alte e di qualunque tipo purché non bianche. Gli piace fare a botte con grande violenza con uomini piú deboli di lui, che pesta di brutto ma mai gravemente. Gli piace ingozzarsi e vomitare, ubriacarsi e vomitare, guardare film porno ma solo ungheresi, perché l'ungherese lo eccita. È una lingua ugrofinnica che ha diciotto casi.
– Importa?
– No, era per farti capire che Mr Goldstern è un uomo complicato. Non fa uso di droghe. Gli piace sputare addosso alle persone. Nel suo castello gira sempre nudo e fa pipí nei portaombrelli. Tutto questo per una settimana ogni tre mesi. Alla moglie dice che va a meditare in un monastero in Tibet. Lei lo racconta ai giornalisti, e quei babbei hanno pure intervistato un monaco tibetano che lui paga tantissimo, non ti dico quanto se no ti metti a piangere, apposta per gabbare i media. Il monaco tutto compunto e ascetico ha parlato a lungo di Nathan il Saggio, lo chiamano cosí, che ogni tanto si reca a meditare da loro e sta chiuso in una celletta a mangiare solo ostie di miglio. Adesso che me lo dice, ricordo vagamente di aver visto qualche titolo sull'«Espresso», non che io legga «L'Espresso», ma il mio ginecologo è un intellettuale e lo tiene in sala d'attesa.
– Aspetta... tipo... «Siamo stati nel rifugio segreto di Nathan Goldstern tra le montagne inaccessibili del Tibet?»
– Quello. Solo che il vero rifugio segreto è tra le montagne accessibili del Liechtenstein. In quel castello, una

settimana ogni tre mesi, succede di tutto, Lilli. Non posso dirti altro.

– Beh, però non ammazza nessuno, cioè, non sei entrata nella malavita. Io pensavo quello.

– No no, niente d'illegale. Niente minorenni, niente sadismo, niente droga, nulla. Se no non ci starei. Mia mamma mi guarda dal cielo, non potrei lavorare per un killer o roba del genere.

Tutte e due alziamo lo sguardo verso le nuvole, aspettandoci di veder spuntare Clelia che ci saluta con la mano.

– Sono solo vizi. Esagerazioni, libertà eccessive, gusti sessuali estremi, ingordigia, disprezzo. Quelle parti di sé che non può mostrare in pubblico se no sarebbero guai. Hai presente gli imperatori romani?

– Poco, – rispondo prudente.

– Beh, o certi re, non so, il Re Sole. Facevano grandi cose, e pure cose brutte, tutto quello che gli pareva in privato, ma nessuno gli diceva niente.

– Non è vero. I filosofi li criticavano.

– Sí, va beh, i filosofi. Adesso non si può piú.

Parte con un pippone sul pubblico, il privato, il politicamente corretto, l'asfissia del perbenismo, ma la blocco quasi subito.

– Okay, ho capito... ma queste donne che lo frustano o questi uomini che si fanno picchiare, o la gente che lavora per lui, tipo te... com'è che nessuno parla coi giornali e vende l'esclusiva?

– Non conviene. Chi partecipa ai suoi divertimenti sa che se saltasse fuori tutto i divertimenti finirebbero. E lui li paga tantissimo. E venderlo ai giornali... boh. Sai che roba. Un conto sarebbe se lui facesse quei film... sai... quelli dove ammazzano davvero la gente.

– Ah sí, aspetta... gli snuff?

– Un nome cosí. O se fosse pedofilo o robe terribili. Ma per quello che fa lui... un po' di casino, e poi? Non conviene. Sarebbe una bolla in un bicchier d'acqua.

- E allora perché tutta questa segretezza?
- Ha la fissa. Dice che sua moglie lo mollerebbe e le sue imprese filantropiche andrebbero a rotoli. Il mondo non capisce che uno può essere filantropo e anche divertirsi a sparare ai camerieri. E guarda che hanno il giubbotto antiproiettile. Mai ammazzato uno.
- Feriti?
- Qualcosa. Ma niente, non glielo perdonerebbero.

Lo ammetto, il mondo, al giorno d'oggi, ha una morale un po' tagliata con l'accetta. Noemi riprende:
- Noi che lavoriamo per lui firmiamo un contratto molto complicato. In pratica, se mai venisse fuori qualcosa sui giornali, saremmo licenziati tutti. Non importa chi è stato. Tutti a casa. E senza liquidazione. Perciò... non conviene neanche a noi. Perché metti che io vendo Goldstern al «Sunday Times»... poi il resto del personale mi ammazza. E non in senso metaforico. Potrebbero organizzare una roba alla Giulio Cesare.
- Cioè?
- Una pugnalata a testa.

Rifletto. Sembra ragionevole.
- Okay. Ma perché sei sparita? Cioè, sparita così del tutto, almeno potevi dire a tuo padre, non so, lavoro per uno, è una cosa riservata... o anche a Santafede... guarda che gli hai sconvolto la vita.
- Ma se non fa che sposarsi!
- Però non ti ha dimenticata.

Le racconto il nostro incontro milanese, e Noemi sbuffa.
- Che sfinimento. Ho fatto proprio bene a lasciarlo. Sono sparita per non correre rischi. Vedi, Lilli, la faccenda è questa: se cominci a parlare, prima o poi dici tutto. Fai un buchino anche minuscolo nella sacca delle parole, e quelle sgocciolano. E io questo lavoro non voglio perderlo.
- E come l'hai trovato?
- Per caso. Samantha era in vacanza ad Ameglia, e sapeva che al castello c'era bisogno di una governante per-

ché quella che avevano era incinta e se n'era andata. Le sono sembrata adatta.
– Chi è Samantha? Perché recluta il personale?
Noemi si guarda attorno, ma a parte i fiori tropicali e qualche insetto, siamo sole.
– Dicono che sia la figlia di Goldstern... – sussurra. – Ma nessuno lo sa di preciso. Credo che abbia fatto parecchia lotta armata da qualche parte, o delle rapine, non sappiamo i particolari. Ha molti anni di carcere pronti per lei, se la beccano. Vive al castello anche quando lui non c'è. Quando le gira sta via un po' e poi torna.
– Ah ah. Allora tu, quando la vedi, fai cosí: dille in un orecchio: «Alberto Corradeghini ti ama sempre». E vedi che salti!
Noemi mi guarda con rispetto. – Nessuno ha mai visto Samantha saltare.
Restiamo in silenzio per un attimo, un po' stordite dal sole discreto di ottobre.
– Sei contenta, di questa vita? – le chiedo poi.
Noemi tira fuori il cellulare. – Guarda qui, e risponditi da sola. Questo è il castello, e io ho potere decisionale su tutto.
Per cinque minuti sfilano davanti ai miei occhi tende e pavimenti, ciotole di porcellana e camini, lenzuola, saponette e mazzi di fiori, stufe, tappeti e vasi colorati. Vedo una cucina che solo a entrarci sverrei, sembra quella di *Downton Abbey* ma non è seminterrata, ha grandi finestre luminose. Vedo ante di armadi probabilmente barocchi spalancarsi su pile di lenzuola candide...
– Le inamidi?
– Le inamidano. Le cameriere. Io sono la governante, Lilli. Controllo, supervisiono, decido, ordino. Non faccio.
– Ah... come la signora Hughes.
– Moderna, però.
Vedo scaffali traboccanti di cristalleria scintillante, una dispensa con file di prosciutti appesi, e una piccola stan-

za consacrata alla macchina da cucire e a tre tavoli coperti da rotoli di stoffe meravigliose. Come all'Ikea, ma molto, molto piú belle. In un salottino con una fantastica tappezzeria tutta d'oro c'è un piccolo quadro che raffigura una Madonna col bimbo in braccio e un topolino su una spalla, seminascosto dal velo. Le chiedo d'ingrandire la foto.

– È bellissima...
– È un Bellini, *La Madonna del Topino*, – dice Noemi con orgoglio. – Sapessi quanti quadri ha... meravigliosi, nessuno se lo immagina. Roba perduta, opere rubate... un van Eyck, anche.
– Sei fortunata che puoi guardarteli tutti i giorni. Solo i profumi, non sento: di cera, di limone, di lavanda...
– Noemi... è la casa piú bella del mondo.
– Sí. E per undici mesi all'anno è solo mia. E ho sette persone ai miei ordini che la puliscono. Piú il personale di cucina, piú i giardinieri, piú due ragazze che si occupano dei cani, dei cavalli e dei lupi.
– Pure i lupi?
– Ha un debole.
– Li hai i giorni di riposo?
– Certo. Di solito li passo a Vaduz, che è una cittadina carinissima.
– E non ti viene voglia di tornare a casa? Cioè, a casa in Italia?
– Io in Italia ci torno tutti gli anni, in vacanza. Sto alla larga dalle nostre zone, tutto lí. Quest'estate sono stata in Abruzzo...
– Anche io! A Vasto!
– Periodo?
– Settimana di Ferragosto.
– No, io a luglio. E comunque se anche mi avessi vista non mi avresti riconosciuta.
– Invece sí, anche bionda.
– E con gli occhiali grandi?

Si mette gli occhiali da sole un metro per un metro, è vero, se la avessi incontrata per caso nelle vie di Vasto non la avrei riconosciuta.
– Come hai fatto a venire qui oggi?
– Ho preso due giorni delle ferie dell'anno prossimo.
Sono colpita. – Hai usato due giorni di ferie per me? Oh, Noemi!
La abbraccio ancora, poi le chiedo:
– Scusa, ma perché hai voluto vedermi qui? Non potevi venire a Torino, già che c'eri?
– Perché qui c'è il mare. Il mare è l'unica cosa che mi manca, nel Liechtenstein. Ogni volta che parto, anche per una vacanza piccolissima, vado dove c'è il mare. E visto che eri venuta a cercarmi qui... mi è sembrato simbolico tornarci.
Non fa una grinza.
Decidiamo di farci una foto, una col suo cellulare e una col mio. Poi le racconto di me, di Francesco, Iris, della fine del lavoro e della casa a Bologna, e di mia mamma, l'uncinetto, praticamente tutto.
– Brava Lilli. Una buona vita. Sono contenta che hai finalmente scoperto quanta felicità dà occuparsi della casa.
– Tanta, davvero. Ed è grazie a te che l'ho scoperto. Te la ricordi la Maglieria Magica?
Ci guardiamo, e tra noi aleggia come un fantasmino di felicità un tubetto di lana rosa.
– E Lollina? Ce l'hai ancora? – le chiedo.
Lei mi rivolge uno sguardo indefinibile, pieno di una malinconia guardinga che non riesco a interpretare, poi annuisce.
– Certo.
– Noemi, quanti anni ancora starai lí?
– Quattro. Il contratto è di vent'anni. Poi, sai, pure lui invecchia. Adesso con certe donne alte preferisce giocare a bridge che farsi frustare. Mi sa che presto diventerà un castello normale.

– Non ci credo che le stesse donne che frustano sanno pure giocare a bridge, cioè, io una volta ho provato a imparare ma sentivo tutti i neuroni del cervello che scricchiolavano, ho smesso prima di romperli.

– Oh Lilli dài, non esiste che tu impari a giocare a bridge, non sono mai nemmeno riuscita a insegnarti Monopoli!

Sto per protestare indignata, in fondo ho fatto la capa del personale per vent'anni, ma Noemi guarda l'ora e sobbalza come un coniglietto nel bosco.

– Devo andare! Stasera devo essere al castello, e in macchina La Spezia Vaduz fa 480 chilometri, sette ore, piú le soste in autogrill…

– Anche tu ti fermi tanto in autogrill?

– Scherzi? È la parte piú bella del viaggio. Tra l'altro certi prodotti li trovi solo lí. C'è uno sgrassatore moldavo che… – s'interrompe. – Mi piacerebbe stare un po' qui con te a parlare di prodotti, ma poi mi tocca correre e la mia macchina non corre. È una Panda.

Ah, ecco perché ci mette sette ore a fare 480 chilometri.

– Anche io ho una Panda. Rossa.

– Azzurra.

Sono le ultime parole che ci scambiamo, a parte i numeri di cellulare. Io non la chiamerò, ma lei chiamerà me, quando andrà in pensione, e m'inviterà a Vaduz. La guardo allontanarsi fra le piante tropicali, chissà dov'è la sua macchina, chissà se quello che mi ha raccontato è vero, chissà se mai piú la rivedrò.

26. Morta suora terrorista

Ad Alice racconto tutto, anche il nome del datore di lavoro di Noemi, perché Alice fa parte dell'impresa, mi ha aiutata e sostenuta, inoltre è una persona a cui affiderei qualunque segreto, cioè, ci ho messo settimane semplicemente a farmi dire il nome dei suoi figli. E comunque non mi sembra particolarmente impressionata.

– Insomma, in sostanza fa la governante per uno che vuole divertirsi senza farlo sapere ai giornali perché è famoso e lo metterebbero in croce.

– Sí.

Siamo al McDonald's di Sarzana, io mangio un McWrap e Alice anche adesso che ha raggiunto il peso forma insiste con la solita Caesar Salad, però questa volta non scarta i crostini.

Mentre io ritrovavo Noemi, lei ha gettato le basi per l'acquisto di una casa ad Ameglia. Mi fa vedere la foto: è piccola, davanti ha una specie di cortiletto con due panche di pietra e un cancelletto. Sta stretta fra altre case, in una via vagamente diroccata. Mi piace.

– Sembra fatta per te, Alice. Dentro com'è?

– Non lo so. Lo scoprirò nel pomeriggio.

– Ma non partiamo adesso?

– Tu se vuoi parti. Io resto. Ho chiamato Alberto e mi sono fatta consigliare un b&b.

– Io devo proprio tornare. Ho Marcella in stand by.

Durante il viaggio di andata le ho raccontato tutto di Marcella, e lei non fa obiezioni. Anzi, da perfetta Alice Lampugnini, mi dice:

– Comunque preferisco vederla da sola, la casa. E voglio passare la serata con Alberto, senza di te. Non mi dispiace, quel tipo.
– Beh... è sposato!
– Voglio passarci la serata. Una.
– E se resti incinta un'altra volta?
– Quante sono le probabilità di restare incinta a quarantasette anni?
– Trattandosi di te, troppe.
Fa uscire l'argomento dalla nostra conversazione con un movimento preciso della mano, e poi mi chiede se ho una foto di Noemi.
Tiro fuori il cellulare e le faccio vedere: due bionde fra le piante tropicali. Una delle due, per precauzione, ha gli occhiali un metro per un metro.
– Non si vede niente, potrebbe essere chiunque.
Poi però prende il telefono e ingrandisce la foto.
– Aspetta... sí, è Noemi. Questa me la ricordo –. Mi indica la catenina che Noemi ha al collo, e che spunta dalla camicetta a fiori. È d'oro o dorata, con tre fiorellini smaltati, uno rosa, uno azzurro e uno verdino.
– Sí... non l'avevo notata. È vero. Ce l'aveva sempre. Mi pare fosse un regalo della Comunione.
Ammiro molto il suo occhio acuto, la sua memoria e piú in generale la sua capacità di attenzione. Cioè, sono stata due ore con Noemi e la catenina io nemmeno l'ho vista.
– E adesso che l'hai trovata? – mi chiede mentre ci alziamo e ce ne andiamo portandoci dietro una Coca (io) e un'acqua senza bolle (lei).
– Sono contenta. So dov'è, ho il suo telefono e la sua mail, ha detto che posso scriverle quando ho bisogno di qualche dritta per la casa, e che quando va in pensione, cioè fra quattro anni, magari ci vediamo. Tutte e tre. Pure tu.
Alice alza le spalle. – Fra quattro anni... non prendo impegni a lunga distanza.
– Secondo te...

E mi fermo. Poi elaboro.

– ... secondo te è tutto vero quello che mi ha raccontato? Perché sai, io credo a tutto. Non distinguo la verità dall'imbroglio. Purtroppo ho questa debolezza. Chiunque mi può mentire e io ci casco.

Alice tace fino a quando non arriviamo alla mia macchina parcheggiata in piazza, poi dice:

– Potrebbe darsi. Non mi pare che avesse tutta questa fantasia, da bambina. I suoi pensierini facevano pena. Non credo che saprebbe inventarsi una storia del genere.

– Vero.

– E comunque, che differenza fa?

– Nessuna, – confermo. E provo un piacevole senso di sollievo all'idea che ogni tanto la verità o la menzogna non cambino assolutamente niente. Mi sembra una consolante scappatoia dall'etica.

– Piuttosto, Alice, che dico a Giorgio Santafede? Quello che mi ha raccontato lei, no. Ma dev'essere una cosa perfetta, che per lui chiuda una volta per tutte la questione Noemi. Morta? Suora? Terrorista?

– C'è di meglio. Però abbiamo bisogno dell'aiuto di... fammi pensare. Neve? No. Johntaylor! Lui è la persona che fa per noi.

– Non lo definirei «persona». Ha undici anni.

– Persona, persona. Vedrai. Mi porti fino a Bocca di Magra?

– Certo. E poi domani come torni a Torino?

– Te lo dico quando sarò tornata.

27. L'isola di Wight

Quando arrivo a casa, tutta brulicante di cose da raccontare a Francesco, capisco subito, appena apro la porta, che c'è qualcuno. Sento acciottolio in cucina... un brontolio vocale... speriamo solo che non sia... ahia. È lui.
Piero, seduto al tavolo della cucina con Francesco, varie birre e un caciocavallo a fettine.
– Non la trovo da nessuna parte! – mi accoglie il suddetto Piero, balzando su dalla sedia come se fosse un roveto ardente.
A me viene da ridere. Non posso farci nulla, io il pathos di questo triangolo Piero-Marcella-Bunni non riesco a sentirlo.
– E dài! Ho appena ritrovato una persona scomparsa e ce ne sparisce un'altra?
– Non c'è niente da ridere, Lilli –. Francesco mi fulmina e io mi strozzo per non sghignazzargli in faccia. – Piero è distrutto.
– Può farsi ricostruire da Bunni, – butto lí, e accendo il bollitore. Un bel Nescafé, mi ci vuole.
– Sei proprio stronza! – urla Piero.
– È vero, ma non ti sognare di dire stronza a mia moglie, – protesta blandamente Francesco.
– Calma, ragazzi. Che succede?
Piero, sotto i miei stessi occhi increduli, tira su col naso, tipo uno che piange.
– Marcella se n'è andata per sempre, e quando l'ho detto a Bunni, lei mi ha lasciato.

– Ah, caspita. Le hai detto che ora potevate vivere il vostro amore alla luce del sole, peccato per la povera Marcella?

– Non proprio cosí, ma sí, le ho detto che forse era destino che Marcella mi lasciasse, e che ora io e lei... – non finisce, perché gli viene uno stranguglione di singhiozzo.

– Piero, per favore –. Francesco è leggermente disgustato pure lui, e ben gli sta, a quel complice.

– E allora lei ti ha lasciato, perché va bene averti come appassionato amante occasionale, ma di sucarti a casa non se ne parla.

– Dice che non vuole ferire un'altra donna.

– AH AH AH AH AH! – rido sgangheratamente, e Francesco mi rivolge un'occhiata di netto rimprovero.

– Scusa, Piero, mi sono lasciata prendere. Scommetto che ha un altro fidanzato.

– Beh... il suo fidanzato storico che stava per lasciare.

– Certo certo. Va beh, dài. Ciao ciao Bunni. Ne troverai un'altra. Il mondo è pieno di Bunni, Piero.

– Gliel'ho detto anch'io, – conferma Francesco. È evidente che non ne può piú di Piero, che vorrebbe sbatterlo fuori, farsi raccontare di Noemi e mettere a cuocere due spaghetti. Ma prima dobbiamo assicurarci che Piero non vada a gettarsi da uno dei molti ponti di zona.

– Non voglio un'altra Bunni! Voglio Marcella! Voglio che ricominciamo io e lei.

– Ma come? Eri pronto a lasciarla e adesso la vuoi indietro solo perché Bunni ti ha mollato?

Piero mi guarda con insostenibile sincerità. – Sí. Non sono fatto per vivere da solo. A Marcella voglio bene. È noiosa ma le sono affezionato. Preferisco vivere con lei che da solo in un residence.

– Vedi di dirle qualcosa di diverso, se vuoi che ti riprenda.

In realtà temo che Marcella lo riprenderebbe comunque, ma vorrei che lui non lo scoprisse.

Francesco interviene con un filo d'impazienza:
– Sí, sí, saprà cosa dirle, troverà le parole...
– Non lo so... e se non le trovo?
Uffaaaa! Lo prendo per le spalle e lo tiro dritto. Eccolo qui, baffetti, occhio azzurro, non è brutto, ma tutto sommato, sarò antiquata, preferisco l'uomo che non piange.
– Dille che la ami. Semplice. È quello che vuole sentire. E striscia. Mi raccomando, Piero. Striscia tantissimo. Azzerbinati. Falle sentire che il manico è suo e il coltello è tutto nel tuo cuore.
Francesco mi guarda con rispetto. Scommetto che non credeva che fossi capace d'inventarmi una frase del genere, e infatti non l'ho inventata, la dice Joshua a Daniel in *Oltraggio*, la mia nuova serie preferita.
– E come faccio se non so dov'è? Può essere ovunque... ha preso la macchina, ha prelevato 500 euro...
Brava Marci, ha fatto proprio come le ho detto.
E adesso? Gli dico dov'è o lo lascio struggersi ancora un paio di giorni?
Ma no, mi sono stufata, che se la vedano loro.
Strappo un foglietto dal blocchetto della spesa e ci scrivo sopra «via Santa Giulia 9, suonare Vittoria Zanetti». E glielo do.

– L'hai mandata a casa di tua madre? – Francesco non si capacita. – Mi hai detto che non avevi idea, hai fatto tutta quella sceneggiata, e l'hai mandata a casa di tua madre?
– Eh già. Mamma è ancora a Aigues Mortes con Marianna, cosí ho dato le chiavi di casa sua a Marcella. Bella idea, no?
– A me potevi dirlo, però!
– Ma figurati. Cosí appena quello faceva due lacrimucce tu gli vomitavi tutto.
– Che brutto verbo.

Abbiamo preparato gli spaghetti, la versione piú rapida, quella con pomodorini freschi schiacciati con olio e aglio, tutto spadellato e via, e io sto inondandoli di parmigiano. Gli racconto di Noemi, omettendo solo il nome del suo datore di lavoro. Omissione che lo ferisce, dice.

– Credi che lo direi a qualcuno? Per quello che me ne frega! Me lo dimentico tra dieci minuti.

Ma io so che non è vero. So come funzioniamo noi umani, mi sono fatta le ossa con i sindacalisti. Una sera, magari fra sei mesi, mentre sta bevendo una birra con altri botanici al Birrificio di via Parma, alla tele qualcuno dirà qualcosa di Nathan Jay Goldstern, magari parleranno proprio dei suoi periodici ritiri in monastero, e Francesco solleverà un sopracciglio e butterà lí: «SEEE, MONASTERO», e sarà l'inizio della fine. Perciò resto muta, mi limito a promettergli che prima o poi glielo dirò, ma non subito. Cosí veramente se ne dimenticherà, perché dimentichiamo piú facilmente quello che non sappiamo, ho notato.

– Hai un sacco di segreti, Lilli, – mi dice a un certo punto, mentre preparo il caffè. – Hai nascosto Marcella, non mi dici dov'è sparita Noemi… c'è altro che non so?

Mi fermo a pensarci. Non sa che ho ordinato venticinque piastrelline arabe su Amazon, non sa che sto provando una nuova crema anti-age, non sa che Cecilia si è imboscata con un nuovo fidanzato, non sa che mio padre e Tatiana sono a Nižnij Novgorod per la prima tappa della Transiberiana. Non sa… va beh, non sa un sacco di cose, ma niente che ci terrebbe a sapere.

– Direi di no. A parte che oggi ho sentito papà. Sono a Nižnij Novgorod.

– Ah. Russia –. Fine del commento. Lo sapevo, non gli interessa. Gli interessano solo le città in cui ci sono orti botanici famosi o piante antichissime, meglio se sono città tropicali, e Nižnij Novgorod di sicuro tropicale non è.

Poi mi guarda, con uno strano luccichio negli occhi.

– Invece c'è qualcosa che non sai tu.

Per un attimo mi ghiaccio e contemplo la possibilità che abbia rilevato Bunni da Piero. Ed essendo una persona profondamente onesta, fa che dirmelo subito. Cerco d'immaginare la frase, tipo: «Avevo voglia di provare qualcosa di nuovo, e visto che c'era Bunni disponibile ed è anche piuttosto comoda perché posso sbattermela sul luogo di lavoro, ho deciso di subentrare a Piero». Mi prende malissimo, mi sento già due grosse lacrime premere dietro gli occhi, ma la frase è molto diversa.

– Mi hanno fatto una nuova proposta, molto interessante. Che, te lo dico subito, ho già accettato perché bisognava inviare un modulo immediatamente. Era una cosa prendere o lasciare e ho preso.

– Di che tipo?

– Breve trasferimento.

– Ma... hai detto che il Brasile è saltato.

– Infatti, è una *nuova* proposta. Si tratterebbe di andare per sei mesi a Lamu.

– Lamu? E cos'è?

– È un'isola attaccata alla costa del Kenya.

E mentre lui mi spiega, io m'incaglio sulla parola «isola» e canto dentro di me una vecchia canzone che piaceva a mia zia Mariangela, quella che mi ha lasciato la casa di Bologna, e che faceva cosí: «Sai cos'è, l'isola di Wight...»

– Lilli? Mi ascolti?

– Eh... sí. Sono sotto choc, scusa. Cioè tu te ne vai per sei mesi in un'isola africana a studiare una piantina estinta?

– Non è estinta. È quella che abbiamo trovato alle Porte Palatine... il seme in un'urna romana, miracolosamente vivo... ti ricordi la piantina...

E attacca a raccontarmi che questa piantina è nata da un seme che però in quel vaso non poteva esserci, perché i romani in Kenya non ci erano arrivati, o cosí si era sempre pensato, ma allora quel seme come ci era finito alle Porte Palatine?

– E chi se ne frega! – esplodo con profonda convinzione. – L'avrà portato un uccello nel becco e poi arrivato sulle Porte Palatine ha guardato giú e ha aperto il becco per dire «Che belle 'ste porte!» e cosí il seme gli è caduto e si è impiantato in un vaso!

Francesco mi guarda con sincero disgusto:

– Da quando fai la casalinga ti è venuta una mentalità ristretta e meschina!

Neanche mi offendo, non lo considero un insulto. – Cioè tu vuoi dirmi veramente che dobbiamo andare sei mesi in un'isola sperduta dell'Africa per una storia che riguarda i romani? Antichi, pure!

Allora lui comincia una tiritera infinita sull'importanza di quella pianta sconosciuta e rarissima che cresce solo a Lamu, e pure lí ce ne sono pochissime, e che se si potesse coltivare su larga scala fornirebbe qualcosa di nutriente, o di medicinale, o tutt'e due, non ho capito, ma ho anche smesso di ascoltarlo perché il mio telefono ha buzzato e c'è un messaggio di Cecilia: *Chiama app puoi very urge.*

Le rispondo. *Problema serio qui francesco app posso ti kiamo.*

Malattia?

No sei mesi in Kenya.

Non andare!

Non le rispondo, anzi silenzio il telefono, perché il punto è proprio quello. Anzi, i punti.

1) Non ci potrei andare neanche volendo. Non è prevista la presenza di una moglie. Ci va un piccolo team composto di botanici e di storici che scaveranno, confronteranno e coltiveranno, raccoglieranno e faranno altre cose nel ramo, senza presenze inutili, tipo la mia, per capirci.

2) Francesco ha accettato di andarci senza di me. Non ci ha pensato né uno né due. Ha detto sí.

– Fra, non mi interessa a cosa serve quella piantina. Mi interessa che tu sei disposto ad andartene per sei mesi in un posto dove non puoi portarmi e hai accettato *senza neanche dirmelo.*

– Te lo sto dicendo. E comunque anche se potessi tu non ci verresti perché se già ti faceva schifo Brasilia figurati un'isola africana. Dài, Lilli, sii onesta.

Ah, si è messo in trappola da solo, il babbeo! Ha perfettamente ragione, matematico che non ci sarei andata, e quindi...

– E quindi tu hai accettato non solo sapendo che non potevi portarmi, ma anche che in ogni caso non sarei venuta. Quindi per te va benissimo passare sei mesi lontano da me. È una festa! Non vedi l'ora!

Romperei un piatto, ma stasera ne abbiamo messi due belli, blu con i cervi bianchi, e non mi va. Sostituisco con un tentativo di digrignare i denti, anche se sinceramente mi pare una cosa difficilissima e non so come fanno quelli che nei romanzi li digrignano di continuo.

– No! Non è vero. Ma non capisci che si tratta di un'opportunità straordinaria? È pazzesco che mi abbiano offerto questa chance!

– E perché te l'hanno offerta?

Trovo che sia una buona domanda: perché proprio a Francesco Rebora, oscuro botanico dell'Assessorato all'Ambiente?

Lui attacca con una spiegazione cosí noiosa che mi lametterei le vene: la piantina l'hanno trovata loro, era giusto che ci fosse un botanico torinese nel team, si era parlato del professor tale ma bla bla, e visto che lui, Francesco, nel 2010 ha scritto un trattato sul bla bla... e le istituzioni locali bla bla bla, a un certo punto nomina perfino il Museo Egizio e intanto io ho pulito la cucina, scopato, passato lo straccio attorno ai suoi piedi e ho perfino fatto una corsa sotto a portare l'immondizia quasi senza che lui se ne accorgesse.

– E in piú mi pagano un casino, Lilli! Tantissimo. Cinquemila al mese oltre al mio stipendio. Potremmo permetterci di comprare mezza Ikea!

Lo guardo malissimo. Con che cuore mi prende pure in

giro, mentre si prepara a lasciarmi qui da sola? Faccio un tentativo estremo.

– Ma se io non volessi a nessun costo? Se ti supplicassi piangendo di non andare?

Lui mi guarda con un sorriso negli occhi che piano piano arriva alla bocca.

– Ti conosco da quasi trent'anni, e secondo te non lo so che non faresti mai una cosa del genere?

E allarga le braccia ad accogliermi.

Ci vado, ma gli dico:

– Se quella volta io avessi detto sí al Brasile... saremmo andati insieme.

Lui chiude le braccia con me dentro.

– Alla fine non lo avresti mai detto, sí al Brasile.

– No, – ammetto, perché sono una donna sostanzialmente sincera.

Molto piú tardi, mentre Francesco dorme, accendo la tele per guardarmi di straforo una puntata di *Oltraggio*, quando mi ricordo che ore prima ho silenziato il telefono. E non ho richiamato Cecilia. Lo prendo in mano con un certo timore, tipo cappello a cilindro da cui possono uscire conigli paurosissimi peggio di quello di Donnie Darko. E infatti ci sono sei chiamate di Cecilia, tre di Marcella, e vari messaggi di Iris il cui succo è, piú o meno: che cazzo fate tu e papà coi cellulari spenti, chiamami che ti devo parlare.

Guardo l'ora. 23.23. Beh, la doppia ora porta fortuna. Da chi comincio?

LA FINESTRINA

Nessuno me l'ha detto, quando ero bambina, che un giorno avrei dovuto dedicare cosí tanto tempo della mia vita a differenziare. A casa nostra c'era ancora lo sportellino sul balcone, quel comodissimo salto nel vuoto per il sacchetto della pattumiera. Tu neanche sai cos'è, Iris, ma a noi bambini piaceva molto, perché era vagamente pericoloso. E se eri un bambino molto magro e ci cadevi dentro, trascinato dall'inerzia del sacchetto? Inoltre, si favoleggiava che quello sportellino agevolasse l'andirivieni dei topi. Era interessante. E oggi invece eccoci alle prese con le finestrine.
A me non piacciono i sentimenti generici, e quindi riguardo a questa faccenda delle finestrine ho cercato su Google qualcuno di preciso da odiare. Cosí ho digitato «buste con la finestra chi le ha inventate», e ho trovato Americus F. Callahan. Americus! L'ha inventata lui, nel 1901, e l'ha brevettata nell'anno successivo. Ci ha pensato su un anno, e poi invece di capire e lasciar perdere, l'ha brevettata. Americus, io vorrei veder te, a staccare la plastichina da tutte le buste con la finestrella, e pure dai maledetti sacchetti dei supermercati zelanti che usano le buste di carta. Parentesi: le buste di carta si rompono, fanno schifo. Se ci metti qualcosa di piú di tre ravanelli crashano seminando tutto per terra. Supermercati zelanti, lasciate perdere, fate come gli altri e mettete i sacchetti di plastichina molle ecologica, che si rompono anche loro ma meno. E invece no, volete fare i supermercati zelanti e mettete i sacchetti di carta, ma con la stramaledetta finestrella

di plastica. PERCHÉ? Perché la cassiera possa controllare che non abbiamo comprato manghi d'oro zecchino del Perú e poi li abbiamo pesati col tasto delle rape?

Non lo sapete, che quel dannato vademecum del riciclo consultabile online avverte che prima di mettere le buste nel bidone della carta dobbiamo staccare la finestrella di plastica e buttarla nell'indifferenziata? Ma vi sembra giusto costringere una persona a staccare le finestrelle di plastica? Mentre il mondo va avanti, io sto lí ferma a separare le finestrelle da buste e sacchetti. Eh? Vi sembra giusto?

28. La doppia ora

«Ceci? Scusa ma oggi è successo di tutto e...»
«Roba grave? Morti, malati, divorzi?»
«No, ma...»
«Allora me lo dici dopo. Senti, sono in un brutto pasticcio».
«A Rovigo?»
«Rovigo? Cosa c'entra Rovigo? Sei scema?»
Ah già. A volte mi confondo tra le cose che mi immagino io e quelle che succedono davvero. Solo dentro la mia testa, Cecilia sta con un nuovo amante a Rovigo. Nella vita vera...
«Dove sei?»
«A La Morra. Da Angelo».
«Da Angelo? Ma come Angelo? Ma non eravate spariti? Cioè, reciprocamente spariti?»
«Senti, adesso non ho tempo di spiegarti, la situazione è seria. Questo è pazzo. Mi vuole sposare».
«Sposarti? Ma perché?»
«Che ne so. Vuole sposarmi. Dice che mi ama, è sicuro, e che bisogna fare in fretta perché ho già quarantasette anni e non vuole perdersi neanche piú un minuto della mia vita».
Ehi... questo è fantastico. Non vuole perdersi un minuto della sua vita... mi viene da piangere.
«Pensa che Francesco vuole perdersi sei mesi della mia».
«Eh?»
«Niente, poi ti racconto. Comunque non mi sembra tutto questo pasticcio. Digli di no e vattene».

Segue un lungo silenzio.

«Ceci? Non è che gli hai detto di sí?»

Sí. Cecilia ha detto sí, ha accettato di sposare un uomo che conosce da un mese, che ha visto quattro volte se ho contato bene e che ha tre figli piccoli e africani. Questo è il pasticcio in cui si trova, e non mi ha chiamata perché la aiuti a uscirne, tipo andare a prenderla e farla chiudere per un breve periodo in una clinica di rinsavimento. No, mi ha chiamata perché vuole che la conforti e le confermi che ha fatto la scelta giusta, e che ribaltare completamente la propria vita in pochi giorni è un'ottima idea.

«Non so cosa dire alla Valdieri, non so cosa dire ai miei genitori, mi devi aiutare a gestire questa situazione e anche a fare quelle cose che si fanno per sposarsi... documenti? Ci sono dei documenti matrimoniali?»

«Lascia perdere i documenti matrimoniali, ci penserà lui. Hai la carta di identità scaduta?»

«No».

«E allora va tutto bene. Piuttosto, che fai, vai a vivere lí? In una *cascina*?»

Perché Cecilia è l'esatto contrario di una cascina. Cioè, se c'è una donna al mondo che non è fatta per vivere in una cascina, è lei. Perfino Alice Lampugnini ce la vedrei meglio.

«Eh sí. E mi licenzio dalla Valdieri. Lavorerò per Angelo. Voglio promuovere i suoi vini».

«Scusa, ti piace tanto il tuo lavoro... questa cosa di curare i look... rifare i capelli... ti piace. È il tuo mondo».

«Rifarò il look ai bambini. Cosina, tanto per dire... basta con quelle treccine francesi».

«Si chiama Beatrice».

«Lei. Anche a Umberta vorrei dare una scossetta. Capace che si trova un fidanzato».

Parliamo ancora un po', e alla fine, prima di salutarci, e confermarci il nostro appuntamento per sabato, perché comunque i weekend a casa non si toccano, le faccio una domanda che non si può piú rimandare:

«Cecilia, perché lo sposi? Cosa c'è di diverso questa volta?»

«Che lo amo», risponde tranquilla lei.

«Come fai a saperlo? Sei sempre stata innamorata di tutti... come fai a sapere che questo è diverso, e che tre mesi dopo averlo sposato non ti scazzi?»

«Ho detto che lo amo, non che sono innamorata», mi corregge, severa, e a questo non ho nulla da ribattere.

Solo dopo che abbiamo riattaccato mi rendo conto che non le ho detto niente dell'isola di Wight, cioè Lamu.

Passiamo a Marcella, penso, poi lascio perdere... una mi ha detto che si sposa, l'altra mi dirà che divorzia, è la vita che fa giro giro tondo, niente di urgente.

Quindi Marcella la rimando a domani.

È troppo tardi per chiamare Iris?

Sí, penso, se non per lei di sicuro per me. Se vuole dirmi che non darà mai piú un esame e ha messo su una bancarella di gilet all'uncinetto sul ponte di Rialto, sinceramente posso aspettare.

Ma lei dev'essere impaziente, perché mentre mi alzo dalla sedia azzurra della cucina, e mi preparo a tornare a letto, parte il jingle delle videochiamate di WhatsApp. Di solito non mi fa mai videochiamate, nessuna delle due ama quel vedersi a scatti.

– Mà! Ciao! Scusa se è tardi, ma ho visto che eri connessa... perché non mi hai richiamata?

Ha il pigiama rosa con i disegni di Babar che le ho regalato io, i capelli tutti boccoli, e un mug rosso in mano. Sullo sfondo, una cucina di Dresda appena bombardata dagli Alleati.

– Ciao tesoro. E quei capelli?

– Niente, era per provare il ferro. Perché non mi hai richiamata?

– Perché è stata una giornata complicata... domani ti scrivo una mail e ti racconto tutto.

– Cose gravi?

– No no, amiche che si sposano, altre che divorziano, papà che forse va per un po' in Kenya... cose interessanti ma nulla di catastrofico. E tu?
– Io volevo dirti che ho preso delle decisioni. Sulla mia vita.

Ecco, lo sapevo che era meglio evitarla, stasera.

IL MUG

Non lo so quando si è passati in massa dalle tazze ai mug. Di sicuro ero già nata, ma non da molto. Ho chiesto a nonna, ma non si ricorda bene neanche lei. Pensa che sia successo piú o meno negli anni Settanta, perché prima i mug, dice lei, si compravano soltanto a Londra, quelli a righe bianche e azzurre. La studentessa tornava a casa dal viaggio a Londra con questo oggetto cosí domesticamente esotico: il mug! La studentessa iniziava a disprezzare la classica tazza nostrana, e poco a poco il disprezzo ha infestato una generazione intera. Anche perché non c'era film americano o inglese in cui a un certo punto qualche femmina (il maschio aveva scarsi rapporti col mug a meno che non fosse vedovo da poco) non stringesse fra le mani un mug, sia che guardasse attraverso la vetrata in attesa di veder comparire lo Scream, sia che confidasse a un'amica che Tim le piaceva da impazzire o chiedesse a sua figlia se era stata lei a lanciare una bomba contro l'ufficio postale. Il mug andava bene con tutto, perché il mug fa casa. Se dovessi proporre un logo per il concetto astratto di casa, credo che la sagoma del mug entrerebbe tra i finalisti. Per svolgere fino in fondo il suo ruolo, deve stare appeso a un gancio conficcato in una mensola, insieme ad altri mug con i quali formi un'ammiccante fila di colori e disegni. Non ammucchiato con i confratelli nel lavandino, esposto al rischio di farsi rompere dalla pentola a pressione in bilico che gli cadrà addosso. Cerca di ricordartelo, cara figlia.

Ah, se si rompe, Sugru e non Attak, ricordati anche questo. La rottura, per diventare evoluzione, dev'essere evidente.

29. Rebecca Horn

– Almeno potevi chiedermi il permesso –. Mia mamma non è per niente contenta che io abbia prestato casa sua a Marcella. Ma come, e la solidarietà femminile? Non siamo tutte sorelle?
– Pensavo che il permesso fosse scontato. Una donna tradita e infelice che cerca rifugio è il tuo campo, no? Credevo che avresti fatto i salti di gioia.
– Sí, ma chiedere il permesso è sempre una buona mossa.
– Ha lasciato disordine?
– No, per quello no. Anzi. Troppo ordine. Non si riordina in casa altrui.
– L'avrà fatto per tenersi occupata. Mica poteva passare tutto il tempo a piangere.
– Poteva guardare Netflix. E comunque, si è ripresa quel porco?
Mia mamma mi fa tanta tenerezza quando usa queste espressioni anni Settanta come «quel porco».
– Sembra di sí. Hanno fatto il coso... lo Sturm und Drag...
– Drang.
– Eh. Grande sconquasso emotivo, poi si sono calmati e adesso piangono insieme, lei perché lui l'ha tradita, lui perché ama Bunni.
– Uh che meraviglioso rapporto!
– Vero? Speriamo che trovino una quadra.
Sono passati tre giorni da quando ho incontrato Noemi e ho saputo che Francesco andrà a Lamu. E da tre giorni

sto raccontando le novità a mia madre a piccole dosi telefoniche, a cui stamattina aggiungo una bella dose di persona. Sono passata da lei in un giro che comprende anche una visita ad Alice.

Direi che ha assorbito tutto senza fatica: l'incontro con Noemi all'Orto Botanico, Cecilia che sposa uno con tre figli piccoli, Alice Lampugnini che si compra una casa ad Ameglia, Francesco che sparisce per sei mesi.

E Iris che fa «Art in crochet». Anche se Iris alla fine è stata una sorpresa positiva. Ha deciso di laurearsi anche se non vuole piú lavorare in un'organizzazione internazionale a beneficio degli ultimi della Terra, bensí diventare un'artista in grado di rivaleggiare con una certa Rebecca di cui non ho capito il cognome, che mette le ali alle fanciulle.

«L'uncinetto è solo l'inizio, mi ha sbloccata, ma non è che mi fermo lí. Con Ipazia vogliamo fare una ditta artistica, tipo Gilbert & George», mi ha detto al telefono.

«Ma vi siete fidanzate tra voi?»

«E dài! Mà! Adesso tra l'altro mi vedo con uno qui di Venezia, un antiquario, cioè, suo padre è un antiquario...»

«Sembra Dickens».

«Sí, beh... senti, comunque poi ne parliamo, volevo dirti che ok mi laureo, ora do gli esami a razzo per levarmi 'sta cosa, ma voglio fare l'artista».

«Scusa, so che mi zappo sui piedi, ma se vuoi fare l'artista perché ti laurei?», mentre lo dico, penso che se Francesco mi sentisse mi staccherebbe gli arti.

«Perché boh. Pure come artista, se sei laureata fa figo. Nella biografia».

Il resto della telefonata non è stato all'altezza di questa meravigliosa motivazione. L'ho raccontato a mia madre, che ha sorriso con gli occhi umidi.

– Ho sempre detto che quella bambina è super. Comunque l'artista in questione si chiama Rebecca Horn.

– Grande.

– Senti, però potresti dirmelo, per chi lavora Noemi. Dài. Sono una tomba, lo sai.

Ci penso un attimo e capisco che è vero, perché mia mamma sa stare zitta quando è necessario, ad esempio quando io a 19 anni ho avuto per un breve periodo tre fidanzati e lei mi ha coperta senza batter ciglio, sostenendo che tra tutti e tre non ne facevano uno buono (non era vero).

– Lavora per Nathan Jay Goldstern e guai a te se lo dici anche solo a una delle tue amiche, nemmeno a Marianna. Potresti avere delle vite umane sulla coscienza.

– Nathan Jay Goldstern! Ma pensa. Beh, sai cosa, non mi stupisce. Questi personaggi troppo buoni nascondono sempre del marcio.

– Se non fa del male a nessuno...

– Massí. Dài. In fondo stiamo precipitando in un'epoca di perbenismo asfissiante.

– Mamma non puoi capire quant'è bella quella casa. Cioè, quel castello. Sai che hanno pure un Bellini? Una meraviglia. Una Madonnina con un topolino su una spalla.

Mia mamma mi guarda perplessa.

– *La Madonna del Topino* di Bellini è dei Tornarelli Scanzi.

– E chi sono?

– Nobili ricchi, molto ricchi, che hanno una specie di pinacoteca privata a casa loro. Una villa favolosa vicino ad Arezzo. Lo so perché Marco Giulio aveva trattato l'acquisto all'asta di Sotheby's.

Marco Giulio è un ex di mia mamma, un famoso critico d'arte, per quanto può essere famoso un critico d'arte.

– Gliel'avranno venduta.

– Oppure sarà una copia.

Alzo le spalle. Che importa se è una copia? È bellissima, la Madonna, e anche il Topino.

Siamo in cucina, circondate da ceci perché mamma sta preparando un hummus per la cena di stasera: vengono tre sue amiche e poi fanno la maratona di Susanne Bier.

– Mamma, per caso hai un telo arredatutto che non ti serve? Indiano magari...

È da un paio di giorni che ho il raptus dei teli arredatutto possibilmente indiani. Voglio arredare davvero tutto con quei teli, a cominciare dal divano del soggiorno, che è di pelle nera. Bello, ma basta. Poi ne voglio uno da mettere come tenda in bagno, uno a chiudere lo scaffale a giorno in camera di Iris, uno... non so, ma mi verrà in mente. Credo sia inevitabile, quando ci si inoltra nella passione per la casa, imbattersi nei teli arredatutto, specialmente se indiani, con quei colori forti e i disegni di alberi misteriosi, tigri ed elefanti: grazie ai teli si può ottenere un cambiamento immediato che non chiede grossi sforzi, come ad esempio cambiare il divano. E so che mamma di questi teli ne ha quanti ne voglio: tutte le donne della sua generazione hanno avuto il momento India.

– Guarda un po' in balcone, ce n'è uno steso.

Il balcone di mia madre è un orticello urbano. Lei non coltiva fiori, ma grandi cassette di erbe aromatiche e pomodori, cetrioli e zucchine. Ha anche una vite di uva fragola, che in questo periodo trabocca di grappoli. Ne stacco uno e guardo i fili carichi di bucato, senza alcun ordine a regolare la disposizione dei capi stesi: mutande accanto a tovaglie, camicette appese per una manica, calzini a mazzi. Ma in quel caos, eccolo lí, il telo indiano a disegni color malva, è quello che mi serve. A casa della mamma si trova sempre tutto... Lo strappo alle mollette, ringrazio e scappo, perché se no faccio tardi da Alice: la storia per Giorgio Santafede è pronta.

E che storia. Guardo la foto e non mi capacito. Quel giovanotto basso assomiglia un po' a Elton John, eppure è indiscutibilmente Noemi. Johntaylor e il suo amico Leo hanno elaborato graficamente non so come, tagliando, cucendo e inserendo grazie a certe app, la foto che ci siamo fatte io e Noemi all'Orto Botanico. Io sono sempre io, lei è diventata un maschio biondo con gli occhiali un metro per un metro, senza catenina, con un berretto da baseball in testa, e anche i suoi vestiti, con modifiche minime, sono diventati perfetti per un uomo che comunque è stato per parecchio tempo una donna.

– Bravo, eh? – Alice manifesta una specie di sentimento, forse addirittura orgoglio materno. – Tay è un genio con le foto. Fa cose pazzesche. Per me perde tempo alle medie, dovrebbe aprire uno studio di grafica.

– Alice, ha undici anni.

– Sí, dice cosí anche suo padre. Infatti lo mandano a scuola, loro.

Johntaylor ha deciso di vivere stabilmente con l'astronomo, e Alice mi pare sollevata.

– Non ti manca?

– Chi?

Lascio perdere.

– Ringrazialo tanto anche da parte mia. Ora che faccio con Santafede? Gliela mando o gliela porto?

– Portagliela, e rifilagli una versione maschile del vostro incontro.

– Che ne dici, vieni con me?

Alice scuote la testa. Ora che non ha nessuno dei suoi figli per casa, può andare ad Ameglia a pianificare i lavori di ristrutturazione.

– E Alberto? – le chiedo mentre mi accompagna alla porta.

– Alberto. Ho passato una sera con lui. Fine.

La ammiro. Ammiro Alice Lampugnini con tutta me stessa: non ha bisogno praticamente di nessuno, figli, fidanzati, amiche... E nessuno ha bisogno di lei, il che mi sembra molto piú difficile da ottenere.

– Quando ho visto Giorgio ti chiamo, ok?

– Ok, – chiude la porta, e mi rendo conto all'improvviso che io Alice non l'ho mai toccata. Mai.

STENDERE

Stendere non è tanto una faccenda di casa quanto una forma di meditazione. Un'attività da affrontare senza fretta. Con la fretta si può benissimo lavare un pavimento, togliere le ragnatele col bastone lungo o perfino stirare una camicia con gli jabot. Ma stendere con la fretta è un vero peccato. E mi riferisco a stendere per davvero, Iris. Non a buttare la roba sul termosifone come fate voi in quel suk in cui abiti. Me lo ricordo ancora, quando purtroppo ci ho messo piede, il termosifone della cucina coperto di mutande in multistrato.

No, io parlo di stendere sui fili. È bello tirar su uno per volta i pezzi di stoffa bagnata e sistemarli sullo stendino secondo un proprio criterio personale. Per dimensioni, per colore, per utilizzo, o per nulla, a caso, calzini accanto a tovaglioli, pantaloni della tuta vicino agli asciugamani per ospiti. Io preferisco il metodo casuale, perché il bucato è come le rose, che in qualunque modo lo disponi sta bene, crea un'immagine, fa comunque Pinterest. Bisogna lisciare i singoli capi, appenderli secondo natura, dargli lo spazio di cui hanno bisogno. E poi guardarli, e scoprire che ogni stendino racconta una storia... tovaglia ricamata: cena elegante; tante piccole mutande: bambini in casa; jeans larghi: signora di una certa età; leggings leopardati: ragazzina; calzini scompagnati: gente che sa vivere e da tempo ha rinunciato alla stucchevole abitudine di mettere due calze uguali.

Lo stendino segna il trascorrere delle stagioni. Quando lo ripongo e inizio a stendere sui fili del balcone è un passo di felicità, perché con un po' di fortuna vedrò la biancheria sbiadirsi al sole e agitarsi al vento. La vedrò anche prendere la grandine, e ricoprirsi delle foglie che cadono dal balcone della signora Lellis, lei e la sua dannata vite vergine. E poi arriva il giorno in cui riapro lo stendino e lo infilo nel bagno di servizio accanto al termosifone, ed è un altro passo di felicità, perché arriva l'autunno e alle cinque si accendono le vetrine delle cartolerie.

Non posso capire quelli che usano l'asciugatrice. Piuttosto, in casi di fretta necessaria, metti pure sul termosifone, Iris. Addirittura, asciuga le calze col fon, io l'ho fatto un sacco di volte. Qualche volta la nonna, quando ero piccola, metteva addirittura le cose nel forno. Vale tutto. Ma prometti di non comprare mai, mai, un'asciugatrice. È un oggetto contronatura.

30. Lucio

L'ha presa malissimo. Ma male male proprio. Ci siamo trovati in un giardinetto dietro corso Venezia, come sempre sono arrivata in anticipo e mi sono fatta un giro da Zara Home. Bello, ma tutto troppo beige, ecru, grigino, bianco. Uffa! Vorrei cambiare le tende nella nostra camera da letto, e le vorrei esagerate, a righe come una scatola da 36 pastelli, o a fiori come un prato in giugno, e invece ecco qua chilometri di lino pallido. Cosí ho comprato qualche posata d'oro, tre forchette tre coltelli tre cucchiai tre cucchiaini, ho pensato che la prima volta che Iris torna apparecchio con i piatti belli, le posate d'oro, i bicchieri di cristallo e mi metto in testa la mia corona di Tiger.

Pensavo queste cose seduta su una panchina del giardinetto, e stavo cercando di ricordare se da qualche parte ho ancora la stola di agnellino di zia Bertilla, che completerebbe bene il set, quando è arrivato lui, spiritato al massimo.

Io allora gli ho spiegato, con parole semplici e chiare che:
1) ho trovato Noemi
2) ci siamo viste
3) è diventata un uomo

e lui ha cominciato ad agitarsi come una biscia, dicendo che non era possibile, mi guardava perfino minaccioso, come se sospettasse che fosse tutta una balla inventata da me.

– Scusa, perché mai dovrei inventarmi una storia del genere? Sei proprio ingiusto! Ho fatto un sacco di fatica a trovarla, e invece di dirmi grazie...

– Non ha senso! Non ci credo. Noemi non sarebbe mai diventata uomo... con la sua passione per la casa... i... vasi coi fiori... gli scendiletto in tinta...

È veramente smarrito, e io mi indigno ancora di piú.

– Scusa, ma questo è proprio un commento sessista... perché un uomo non può amare la casa e i colori ben assortiti? Noemi è rimasta se stessa, solo maschio.

E ci credo. Mentre lo dico, ci credo. Perché l'unico modo per mentire in modo convincente è credere per prima alle tue bugie.

– Non è possibile... e questa... questa Samantha... è la sua ragazza? È diventata pure lesbica?

– Giorgio. Tu non vuoi capire. Noemi è un maschio. E smettila di chiamarlo Noemi. Si chiama Lucio –. Ho scelto questo nome perché era quello di un bambino di quinta che piaceva a Noemi quando facevamo terza. Credo sia stato il suo primo amore, Lucio Di Quinta. – E gli piacciono le femmine, quindi è etero. È un maschio etero e sí, Samantha è la sua ragazza, ma non posso dirti altro perché ci tengono molto alla loro privacy.

– Me ne strafracasso le balle della loro privacy! – Giorgio parla forte, e può farlo perché alle sette di una sera di ottobre in questo giardinetto milanese non c'è nessuno. In effetti, gli avevo addirittura proposto di parlare seduti sulle altalene, ma lui si è opposto. – Sai dove possono mettersela, la loro privacy? Perché non me l'ha detto? Perché non si è fatta viva? E neanche coi suoi?

– Non lo so. Non sono una psicanalista –. Uso la risposta «Non sono una psicanalista» per cavarmela tutte le volte che non ho una risposta. Mi pare funzioni benissimo. – Non sono dentro la testa di Lucio. Ti ripeto: sono andata ad Ameglia, ho rintracciato Samantha, Samantha mi ha messa in contatto con Lucio, io e Lucio ci siamo visti, abbiamo parlato un po', poi se n'è andato e ciao. Fine.

– Cosa fa? Come vive?

Con Alice ci eravamo preparate anche questa risposta.

Doveva essere una professione irrintracciabile anche per i mezzi di Giorgio Santafede.

– Niente. Ha vinto dei soldi a una lotteria mentre era negli Stati Uniti. Ora lui e Samantha fanno la bella vita all'estero.

– E non ti ha detto dove? Non avete progettato di restare in contatto?

– Senti, è già un miracolo che abbia accettato di vedermi. Cosa vuoi da me! Ci siamo visti, mi ha detto che ha tagliato i ponti col passato. Sai cosa vuol dire «tagliare»?

Avevo fatto il gesto con la mano. Zac. Lui mi ha guardata corrugando la fronte.

E poi, finalmente, un sospiro di resa. Era ora.

– Sí, insomma, è chiaro. Ma non capisco come sia possibile che in tutti gli anni che siamo stati insieme non abbia mai manifestato nessuna incertezza sul suo genere di appartenenza. Voleva un figlio!

Dopo un'altra mezz'ora di geremiadi e tentativi di trovare dei segni premonitori nel comportamento di Noemi… e li ha trovati, perché chi cerca trova, sempre («Ecco perché ha voluto comprarsi quel giubbotto da biker!») dopo tutto questo si è rassegnato, e se ne è andato senza neanche ringraziarmi, o salutarmi, o qualsiasi cosa.

E con questo incontro deprimente e truffaldino potrebbe definirsi conclusa la ricerca disperata di Noemi. Un'ultima telefonata ad Alice per raccontarle com'è andata e archivio quest'impresa come un successo. L'ho trovata, l'ho vista, la nostra amicizia esiste ancora. Per quanto mi riguarda, sono contenta.

Ma non è proprio finita perché qualche giorno dopo mi chiama Alice e mi intima, non saprei trovare un verbo piú adatto, d'incontrare lei e un'altra persona al Gran Bar della Gran Piazza dove c'è la chiesa che sorge sulla magia.

«Ci facciamo un aperitivo, vieni alle sette».
«Con chi?»
«Vedrai».

E infatti le vedo subito, sono sedute a un tavolino e stanno ordinando a una giovane cameriera dall'aria martirizzata. Alice è insieme alla contessa Crimea, la nemica di Giorgio Santafede. La contessa è come sempre avvolta in un filato di pregio, e accucciato accanto alla sua sedia c'è un cagnino malconcio, molto peloso, che quando arrivo mi guarda con occhi come due marrons glacés. Dev'essere lo sfortunato Mister Volare.

– Che piacere, – dice la Crimea, tendendomi la mano ma senza alzarsi. – Ho proprio piacere di rivederla, signorina.

– Eh sí, davvero, – borbotto. – Ciao Alice.

– Cosa prendi, Lilli? – La martirizzata è ancora lí, e mi verrebbe voglia di dirle: «Mi porti quello che le fa piú comodo», per alleviare le sue pene, ma mi rendo conto che la piomberei in confusione. – Un Campari soda, – le ordino, tenendomi bassa.

Appena si allontana, la contessa apre la borsetta e tira fuori due astucci di pelle, vecchissimi, consunti addirittura. Uno è quadrato, rosso, piccolo. L'altro è nero, piú grosso e alto.

– Care signorine, bando alle ciance. Sono qui per ringraziarvi, avendo saputo dalla signorina Alice che avete distrutto ogni speranza di felicità futura in quell'esecrabile figuro che risponde allo spregevole nome di Giorgio Santafede. Mi ha infatti comunicato che la vostra amica da lui tanto rimpianta è diventata un maschio, e lui, all'apprenderlo, è miserevolmente precipitato in una malinconia da cui, spero, non si risolleverà mai piú. Un maschio! Ah ah! – E qui la contessa alza la voce, suscitando un certo interesse nei tavoli circostanti. – Un maschio! Una trasformazione che rappresenta il simbolo, ma che dico, l'emblema, di tutto il putridume dei tempi moderni, della licenziosità e della scostumatezza imperante! Ecco! Cosí viene punito colui che ha interrotto gli anni migliori nella vita di Mister Volare! – Mister Volare, sentendosi nominare, uggiola. E lei si china a carezzarlo: – Sí, tesoruccio di mamma, brigidino liquoroso del mio cuore, sí fruttarello caro, sí, quel mostro che ti ha fatto tanto male è stato punito da queste due valide giovani, e per questo... – molla il cane e ci guarda con occhi fiammeggianti, allungando l'astuccio piccolo verso di me e quello grosso verso Alice, – e per questo voglio ringraziarvi con questi modesti doni, tra i pochi rimasugli senza valore del mio passato parterre di gioie!

– Contessa! – esclamo. – Non doveva assolutamente! Noi...

Ma lei mi tacita con un gesto imperioso, mentre Martiria posa sul tavolo le nostre ordinazioni. Alice: acqua minerale. Contessa: calice di bianco.

– Non una parola di inutili salamelecchi, aprite!

Alice, che non ha fatto nessun tentativo di inutili salamelecchi, apre, e tira fuori dall'astuccio un braccialetto d'argento a fascia, chiuso da un fermaglio di corallo. È molto adatto a lei, preziosamente austero ma con un tocco di eccentricità.

Nella mia scatola quadrata ci sono due orecchini con pendenti di acquamarina circondati da piccole perle. Sono meravigliosi. Apro la bocca per fiondarmi nel classico balletto di stupore, ringraziamento e «Non doveva», ma capisco che qua ci vuole qualcosa di diverso.

Alice si mette al polso il braccialetto.

– Alto circa 5 centimetri, – dice, – con dodici coralli. È bellissimo.

Perfetto. Adesso tocca a me.

– Le siamo immensamente grate per questi preziosi ricordi, li indosseremo con orgoglio ogni giorno della nostra vita.

E pure io mi metto gli orecchini. Lei ci guarda soddisfatta. Scola il suo vino e si alza.

– Davvero lieta di aver avuto l'occasione di esprimervi la mia gratitudine per aver schiacciato quel cocomero marcio fino a fargli spurgare tutto lo schifo che ha dentro. Buona serata.

Prende il guinzaglio e si allontana verso la bruma della precollina.

Alice e io restiamo ancora un attimo lí a guardarla.

Poi ci separiamo, ma mi sembra una separazione meno definitiva. Forse aver ricevuto dei gioielli dalla stessa donna ha creato un legame tra noi. Comunque lei torna a casa, mentre io mi dirigo con gli occhi scintillanti verso un Tigotà recentemente aperto in zona. Ed è qui che vivo una nuova esperienza. Mi aggiro fra le corsie riempiendo il mio cestino di sgrassatori, lavapavimenti, alcool denaturato, feltrini per le sedie... ma non trovo la crema detergente. Dove sei, Cif? Chiedo a un commesso, e lui mi rivolge la seguente, stupefacente domanda: – Cerca la crema cucina o la crema bagno?

CREMA CUCINA, CREMA BAGNO

Le creme detergenti per la casa hanno il diritto di specializzarsi. Capisco la crema per l'acciaio e quella per il marmo. Sono materiali diversi, ci può stare che abbiano bisogno di prodotti diversi. Gli scienziati studiano le papille gustative del marmo e quelle dell'acciaio e comprendono che per essere veramente pulite hanno bisogno di ricevere creme dalla composizione chimica lievemente difforme. Okay.
Ho qualche esitazione di fronte alla specifica: crema per superfici dure. Piú che altro, cerco sempre d'immaginare quali sono le superfici non dure. Escludendo pavimenti, pareti, mobili, sanitari, lavandini, elettrodomestici, cosa potrebbe avere una superficie morbida? Mi è venuta in mente solo la tenda della doccia, ma non credo che possa esistere una «crema detergente per tenda della doccia». Non credo, ma neanche lo escludo. Però alle superfici morbide non ci ho mai badato piú di tanto, era un pensiero che mi attraversava ogni volta che leggevo «per superfici dure», ma morta lí. Invece la domanda «Cerca la crema cucina o la crema bagno?» mi ha lasciato veramente esterrefatta. Che differenza potrà mai esserci tra le superfici dure del bagno e quelle della cucina? Com'è possibile che il Cif che va bene per il bidet non vada bene anche per il frigorifero? Esiste un diverso grado di durezza, nelle superfici dure? È chiaro che come casalinga ho ancora molto da imparare, visto che sbadatamente uso la stessa crema per ogni lavandino, in qualunque stanza sia collocato. Immagino che se partecipassi a un eventuale «Master Housewife»

verrei eliminata molto presto. Arriverebbe l'equivalente in casalingheria di Cannavacciuolo, controllerebbe come ho pulito il piatto della doccia e arriccerebbe le labbra. «Mmmh... hai usato la crema da cucina, vero?»

Ma non ci scoraggiamo, Iris. Esistono anche dei coraggiosi detersivi multiuso. Vanno bene per tutto, non fanno tante storie, per loro bagno o cucina è uguale, vetri o piastrelle, forni o piatti doccia. Certe volte immagino di essere quella bambina poverissima, la piccola fiammiferaia, e di aver solo una monetina per comprarmi solo un detersivo. E mi aggiro sperduta fra le corsie incerta fra crema questo, crema quello, sgrassatore tale, igienizzante talaltro. E poi eccolo, il Detersivo Multiuso, che costa soltanto un soldino. Vado alla cassa, lo pago ed esco dal negozio sferzata da una bufera di neve. Guardo felice il flacone gigante, e scritto piccolo piccolo in fondo all'etichetta, leggo: «Valido anche per le superfici morbide».

31. Sposarsi a La Morra

– Ma bianco bianco?
È passato un mese dal giorno in cui ho preso un aperitivo con Alice e la contessa Crimea, e l'atmosfera è molto diversa. Sono davanti a un abito da sposa di stampo decisamente classico, e di diametro ragguardevole. Corpino di raso accollato davanti ma che lascia la schiena quasi completamente scoperta, e gonnona di tulle e pizzo, pizzo e tulle a strati alternati, con fusciacca di seta macramè in vita. Il tutto di un bianco polare.
– Non so, dici che è troppo? – Cecilia fa un passo indietro e osserva quella mostruosità. – Ci vorrebbe una nota di colore, forse. Una ghirlanda di fiori di campo attorno allo scollo?
– Tu sei scema. Ceci, ti prego, non sposarti con un abito da sposa. Ti ricordi, hai sempre detto che se mai ti fossi sposata, lo avresti fatto con un sari.
– Non posso sposare Angelo col sari. C'è già troppa etnicità in quella famiglia, e poi a La Morra non sono pronti per il sari.
– E sono pronti per una sposa di quarantasette anni annegata nel tulle bianco?
– Scusa, non vorrai mica che mi sposi in tailleur?!
Questa discussione va avanti da giorni. Cecilia, da quando ha accettato di sposare Angelo, ha spalmato il matrimonio in ogni angolo del suo cervello, pensa e parla solo di quello. La Valdieri Grappe e Vini, pur di non perderla definitivamente, ha accettato di trasformarla da dipen-

dente a consulente, con inizio del nuovo rapporto dopo il matrimonio. Cosí adesso è libera di sfinire se stessa e tutti quelli che la conoscono.

– No, non voglio che ti sposi in tailleur, è una cosa che non augurerei neanche alla mia peggior nemica, figurati a te. Voglio solo che eviti tre cose: il tulle, il bianco e l'effetto mappamondo.

Tre cose da cui siamo pesantemente circondate, qui al Palazzo degli Sposi, un edificio di stucchi bianchi e rosa situato proprio di fronte al Cimitero Monumentale. Nonostante la location, pare vada fortissimo fra le spose di ogni età, e in effetti la ragazzetta bionda che si occupa specificamente degli abiti ha una meravigliosa pazienza che rasenta la noncuranza.

Cecilia e io ci guardiamo in decine di specchi non deformanti: io bionda, bassa, con il cappotto rosso, le Dr. Martens, le calze a fiori; lei bruna, alta, con una pelliccia ecologica viola e con quei suoi occhi turchesi che secondo me hanno contribuito parecchio a procurarle un surplus di fidanzati. Ed è proprio guardandole gli occhi che mi viene l'idea.

– Chiediamo se hanno un vestito turchese…

Si illumina, come sempre pronta all'entusiasmo. – Turchese! Giusto! Sei un genio! Mi sposo in turchese! Lascerò La Morra a bocca aperta!

– E poi starà benissimo con i bambini!

– Sííí! Anzi, magari vesto di turchese pure loro!

– Anche i maschi?

– Sí, in tre sfumature diverse! Che ne dice, Stella?

Stella, la stilista modello elfo, è d'accordo.

– Il turchese non è mai troppo, secondo me. Non ho abiti di quel colore, ma se lei ne sceglie uno che le piace glielo faremo fare.

Con l'aiuto di Stella e la supervisione della signora Lucia, maîtresse del Palazzo degli Sposi, ne scoviamo uno perfetto, un vero abito da sposa, corpino di pizzo accollato con maniche lunghe, gonna plissettata ampia ma entro i limiti. Stella s'impegna a farcelo riprodurre in una sfumatura di turchese che scegliamo fra sette, e sono veramente incredula, non pensavo che il turchese potesse avere sette sfumature!

– Ti rendi conto? Sette sfumature! – continuo a rimuginare mentre andiamo verso il prato in cui lei ha lasciato la macchina.

– Lascia perdere le sfumature e cerca di decidere come ti vestirai tu.

– Ci pensiamo poi. Hai detto di rosso no, di lilla neanche perché in realtà è viola, l'azzurro non lo metto mai, nero a un matrimonio non si può…

– Animalier?

La discussione finisce senza decisioni e senza acrimonia, ci separiamo e me ne torno a casa contenta, pregustando un pomeriggio tranquillo a riordinare le vecchie bollette. Sí, sono in quello stato d'animo calmo e sereno che permette di affrontare il mobiletto delle carte.

Scendo dal pullman e passo da Buffetti a comprare una confezione gigante di buste grandi. Sono abbastanza sicura che con una confezione gigante di buste grandi è possibile risistemare perfettamente decenni di bollette, bollettini, certificati, atti notarili. Rimpiango solo che le buste siano tutte in tinta unita, e compongo mentalmente una mail da scrivere alla Buffetti. In fondo, visto che la Barilla mi ha risposto, potrebbero farlo pure loro. Metto le cuffiette con i Coldplay e faccio l'ultimo pezzo a piedi, attraverso il parco. «Gentili signori Buffetti, sono una affezionata cliente dei vostri negozi, in cui ho recentemente acquistato una confezione di buste formato A4. Sono belle, resistenti e utili, ma perché non osare un po' di fantasia? In questo modo sarebbe piú divertente riordinare le carte. Ad esempio: le bollette della luce dove le metto? Nella busta a pois rosa! E quelle del gas? In quella…»

Ma prima che riesca a pensare «a righe arcobaleno» mi blocco, perché ho notato qualcosa di strano: cosa ci fanno insieme, impegnate in una intensa conversazione, mia mamma e Alice Lampugnini, che passeggiano avanti e indietro sul ponticello di legno?

AMAZON

Quando non trovo qualcosa nei negozi, lo cerco su Amazon. Come me, fanno credo molti milioni o miliardi di persone. Un giorno ho cercato: «buste A4 fantasia». Da Buffetti non c'erano, cosí le ho cercate su Amazon. Non c'erano neanche su Amazon, quelle che volevo io, cioè di carta tipo quelle della Posta. Davanti a me si è spalancato un mondo di bellissime buste fantasia di plastica, di propilene opaco, antiriflesso, con finitura liscia, con finitura buccia d'arancia... ma di carta niente.
Neanche Amazon ha tutto. Per consolarmi, sono andata a guardare i gioielli. Quando ho cinque minuti liberi, guardo i gioielli su Amazon.
Saprai anche tu, Iris, che esistono casalinghe che si danno all'alcol. Soprattutto nei romanzi inglesi, stanno sempre ad aprire il frigo e a versarsi un bicchiere di vino bianco, roba che comprano da Tesco. Ma io preferisco darmi ai gioielli su Amazon. E a uno in particolare. C'è un gioiello che tutte noi casalinghe vorremmo possedere, per metterlo sotto i guanti di gomma o sfoggiarlo mentre impugniamo il carrello del supermercato: l'anello di fidanzamento della Principessa Diana. Quando si è sposata avevo nove anni e ho fatto la maratona televisiva con la mia amica Noemi e sua mamma. Poi per settimane io e Noemi abbiamo giocato al Matrimonio di Diana con la Barbie. Qualche nonna ci aveva regalato il vestito Sogno di sposa, perché lo sai, Barbie si sposa solo in sogno. Ma tornando all'anello, è uno zaffiro circondato da brillanti, e su Amazon esiste in molte versioni abbordabili, a un prezzo

che va dai 16 ai 50 euro. Ma la cosa veramente bella è che sempre su Amazon c'è anche quello da 1082 euro, e perfino quello da 7517 e, in versione spuria col rubino al posto dello zaffiro, quello da 10 979 euro. A me sembra esaltante che su Amazon si possa fare compra ora con un click sia per l'anello Principessa Diana da 16,99 che per quello da 7517. Per la collana di perle vere dei mari del Sud 4970,87 e per le buste mini 60 pezzi 9,99. Tutto nello stesso ordine. Se sei anche solo leggermente portata allo squilibrio, puoi svuotarti il conto con un click. Però l'anello ancora non me lo sono comprato. Che ne dici di regalarmelo tu per Natale? Quello da 16,99 va benissimo.

32. La *Madonna del Topino*

Mia mamma e Alice passeggiano avanti e indietro sul ponticello di legno impegnate in un'animata conversazione. Visto che sono davanti a casa mia, penso subito che sia successo qualcosa di orribile: brutte notizie da Iris, brutte notizie da Francesco, avvenimenti catastrofici in casa tipo esplosioni o allagamenti di cui devono avvertirmi. Però, capisco mia mamma, ma Alice? Non è nemmeno una mia amica, in un certo senso.

Le raggiungo di corsa e quando si girano e mi vedono dico subito, col cuore in gola:
– Iris?
Alice mi guarda perplessa: – Chi è?
– Mia figlia! Mamma? Cosa è successo a Iris?
Mia madre mi guarda con una certa malinconia che non è da lei.
– Nulla. Iris non c'entra. Alice e io stavamo discutendo di un'altra cosa.
Si guardano, poi annuiscono insieme.
– Sí. Hai ragione. Meglio dirglielo. Fa parte del suo percorso di crescita, – sospira mia mamma.
– Bisogna vivere partendo dai fatti, – annuisce Alice.
– Dirmi cosa? Perché siete insieme? Neanche vi conoscete!
– Ho cercato io tua madre, volevo chiederle un parere. Me la ricordavo da quando eravamo piccole. Mi piaceva. Una volta mi ha prestato un libro, si chiamava *I cacciatori di microbi*, era bellissimo.

Sí, certo, durante le elementari anche Alice era venuta qualche volta a casa mia a giocare, o per qualche festa di compleanno, ma questa cosa del libro non me la ricordavo. *Cacciatori di microbi?* Roba da leggere a nove anni?

– E quindi? – Non so perché, sarà l'istinto di Lilith, ma mi sento bellicosa. Intuisco che queste due stanno per darmi una fregatura, ma non capisco quale.

– Andiamo su in casa, – propone mia madre. – Cosí ci facciamo un caffè.

– Mamma, è ora di pranzo.

– Va bene lo stesso, – annuisce Alice e, prendendomi in mezzo come i carabinieri con Pinocchio, attraversano la strada.

Quando arriviamo su, qualcosa mi distrae: lo vedo subito, il borsone sbattuto nell'ingresso. Il giaccone abbandonato sopra il borsone. La sciarpa all'uncinetto lunga sette metri ammonticchiata su borsone e giaccone.

– Iris!

E lei arriva di corsa, mi abbraccia, abbraccia la nonna, abbraccia anche Alice già che c'è, e Alice non reciproca ma non protesta.

– Surprise! Surprise! Devono fare la disinfestazione nel palazzo e allora sono venuta tre giorni a casa!

Ecco, tra tanti motivi belli per venire tre giorni a casa, la disinfestazione nel palazzo non è tra i miei preferiti, mentre pare interessare favorevolmente Alice.

– Da cosa disinfestano? – chiede.

– Ratti. Siamo sul canale. Pieno cosí di ratti.

Alice annuisce, soddisfatta. Le brilla già un algoritmo negli occhi.

Ci spostiamo in cucina, e mentre io cerco di organizzare il pranzo, Iris rimette giaccone e sciarpa, annuncia che esce e, effettivamente, esce.

– Torni per cena?

– Ti faccio sapere.

«Ti faccio sapere» credo che nella classifica di «frasi esasperanti pronunciate dai figli» starebbe nella top five.

Estraggo dal frigo una mezza teglia di lasagne avanzate da ieri sera e le ficco nel microonde. Butto in una ciotola insalata della busta, pomodorini e un cipollotto affettato. Poi ci sediamo, davanti al cibo.

– Allora. Cosa diavolo avete da dirmi che fa parte del mio percorso di crescita, che comunque secondo me è già finito da un pezzo?

Si guardano di nuovo, cosa che comincia a innervosirmi perché sembrano quelle coppie d'investigatori nei film, poi mamma tira fuori dalla borsa il telefono, e scorre. Alice tira fuori dallo zainetto il telefono, e scorre.

– Ecco, – Alice mi porge un video. La storia, chiamiamola cosí, si svolge in un paesino orientale e montagnoso, tipo Tibet o Nepal o quei posti lí, e consiste in una serie d'interviste a persone vecchie o vecchissime che raccontano, sottotitolate, quanto bene faccia a tutti loro Nathan Jay Goldstern durante le sue visite.

Ogni tre mesi viene qui per una settimana.

La sera esce dal monastero e attraversa la campagna a piedi, portando doni.

Ci regala sempre qualcosa di bello per le nostre case o i nostri figli (mostrando un robot da cucina che secondo me non hanno neanche l'elettricità per farlo andare).

O anche per noi (signore di novant'anni almeno indica smoking probabilmente di Armani).

Noi ricambiamo con piccole cose da portare ai suoi nipotini, trottole di legno, biglie di paglia, collanine di sassi.

Stoppo il video. – Che cosa diavolo se ne fanno, i nipotini di Goldstern, delle biglie di paglia?

– Hai capito? – chiede Alice, come se fossi deficiente. – Ci va davvero, al monastero. Stavo cercando un video sulla Minskij Avtomobil′nyj Zavod. Devo fare un software per loro.

– Cos'è?
– Produttori bielorussi di autocarri. E scartabellando nei siti bielorussi ho trovato questo. L'ho scaricato e fatto sottotitolare. È di tre anni fa.
– È logico! – esplodo. – Che cazzo vuol dire! È uno degli uomini piú potenti del mondo! Si crea materiale di supporto, no? Cioè, Alice, dài, proprio tu. Abbiamo appena trasformato Noemi in un tizio che si chiama Lucio, e ti meravigli di questa roba? Saranno tutti pagati da lui. È tutto finto. Nessuno sano di mente regala smoking ad anziani nepalesi.
– Bhutan. Siamo nel Bhutan. Guarda.
Va avanti, e nel video si vede un terzetto di vecchine che porgono una ciotola di vermi, o almeno sembrano vermi, a Nathan Jay Goldstern vestito con una tunica bianca.
– E certo. Ci sarà andato una volta. O due. Cosa mi vorresti dire? Che Noemi si è inventata tutto? E perché avrebbe dovuto? Non ha senso! L'hai detto anche tu che non ha mai avuto fantasia.
– L'uso sviluppa l'organo.
Ignoro questo commento di Alice e mi volto verso mia madre.
– E tu cosa c'entri?
– Io lo sapevo da un pezzo, che ti ha raccontato un sacco di storie. Quando Alice mi ha chiamata, ho cercato di convincerla a lasciar perdere, ma lei insisteva. Dice che la realtà, proprio in quanto tale, è l'unica arma contro le illusioni.
– Non cominciate con la filosofia che l'ho sempre odiata.
– Ho cercato il punto di congiunzione fra verità e benessere, e ho pensato che se te lo diceva tua mamma avresti accolto meglio la notizia. E ho scoperto che lo sapeva anche lei, per fonti sue.
– Che fonti? Perché non me l'hai detto subito?
– Eri cosí contenta. E alla fine la sostanza non cambia, l'hai ritrovata, quella piaga d'Egitto di Noemi Pontini. Pe-

rò Alice mi ha fatto notare che, se ti conosciamo un po', prima o poi partirai per andare in Lichtenstein a trovarla, e visto che non la troverai è meglio fartelo sapere prima della partenza.

In effetti. Non so come hanno fatto a capirlo, ma era uno dei miei progetti per i sei mesi che Francesco passerà nell'isola di Wight o come si chiama.

– Allora, mamma. Cosa sai tu?

Invece di rispondermi, mi porge un video anche lei. Si vede il salottino con la tappezzeria dorata, e al centro il quadro di Bellini, *La Madonna del Topino*. L'inquadratura si allarga, e una specie di cicogna con un twin-set di cachemire beige ci spiega che loro, i Tornarelli Nonsopiúcosa, sono molto orgogliosi di aver acquistato quel quadro, che ci sta proprio a pennello nella loro villa toscana, e qui il video prosegue con un giro turistico della suddetta villa, sale, salette, guardaroba, tutto identico al castello nel Liechtenstein. Quindi: o Nathan Jay Goldstern, oltre a pagare una quantità di vecchi nel Bhutan perché fingano che lui vada lí una settimana ogni tre mesi, e a esserci andato apposta un paio di volte per farsi filmare, ha anche copiato ogni minimo particolare della villa di questi tizi in Toscana per riprodurla nel suo castello in Liechtenstein, oppure Noemi mi ha presa in giro di brutto.

– Ho sentito subito puzza di bruciato –. Un'altra espressione anni Settanta. – Quando mi hai raccontato della *Madonna del Topino* ho sentito Marco Giulio e gli ho chiesto se sapeva che ne avevano fatto i proprietari, e lui mi ha detto che la tengono in un salottino con la tappezzeria dorata. Non poteva essere un caso. Cosí ho cercato online e ho trovato il sito dei Tornarelli Scanzi. Con le foto della villa. Ho scaricato il video.

Brave, penso con irragionevole risentimento. Bravissime, Miss Marple e Nancy Drew invecchiata. Ottimo lavoro. Sarete contente, adesso, di avermi dimostrato che Noemi Pontini mi ha seppellita sotto una valanga di balle, e tra l'altro lí sotto ha seppellito anche se stessa. Ma in me il risentimento ha sempre vita breve. Non lo so perché, non riesco a coltivarlo, come le stelle di Natale, che mi regalano e mi muoiono sempre.

– Scusate, ma perché lo ha fatto? Che senso ha?

Alice scuote le spalle in silenzio. Mia mamma non sta mai in silenzio.

– Perché ha saputo che la cercavi, le ha fatto piacere, aveva voglia di vederti ma non voleva dirti dov'è veramente. Tutto lí.

– E Samantha? Come me la spiegate, Samantha?

– Forse non esiste, – dice Alice. – Forse la donna velata era sempre Noemi.

– Io il messaggio l'ho mandato al numero di Samantha che mi ha dato Corradeghini. E non ditemi che Samantha è Corradeghini perché ci avevo già pensato io ma non regge.

Mi guardano come se fossi pazza, poi mia madre prende un mandarino dal cesto della frutta, ne tira un paio a noi, e risolve.

– Probabilmente è tutto molto piú semplice, ragazze. È successo qualcosa quell'estate ad Ameglia. Samantha c'entra. Lei e Noemi sono rimaste in contatto per tutti questi anni. In fondo Noemi aveva tagliato i ponti con tutti, di qualcuno aveva bisogno. O magari Samantha è addirittura coinvolta in questa sua nuova vita, e quando ha ricevuto il tuo messaggio l'ha detto a Noemi e Noemi ha deciso che voleva vederti. E insieme hanno messo su tutto l'ambaradan. Si saranno divertite un mondo a inventarsi quella storia, – conclude, con il tono vagamente nostalgico di una che, all'occorrenza, l'ambaradan l'avrebbe messo su volentieri anche lei.

– Bastava meno. Bastava che mi dicesse che era entrata nell'Isis.

– Non è entrata nell'Isis, – Alice scuote la testa. – Altrimenti non sarebbe venuta all'appuntamento oppure sarebbe venuta e ti avrebbe rapita per poi decapitarti.

– Dicevo per dire, – sbuffo.
– Però sicuramente è in una situazione illegale, – la mamma si alza per fare il caffè. – Se no non starebbe nascosta da sedici anni.
– E cioè? Cosa potrebbe essere?
Alice riflette per un attimo. – Traffico di droga. Traffico di donne. Espianto organi. Vendita neonati. Importazione di animali feroci, trapianto di...
– Stop. Alice, stop. Preferirei del terrorismo normale. Tipo gli irlandesi del Nord.
– Non esiste piú, il terrorismo normale, – dice tristemente Alice. – E se fosse nei Narcos in Sudamerica?
– Non sarebbe venuta fino a Montemarcello per raccontarmi un sacco di balle.
– Non lo sapremo mai, – taglia corto mia madre. – Lilli, dov'è la Cappuccina?
Aiuto. La Cappuccina è la macchina a cialde che mi ha regalato lei e che io non uso, perché il caffè con le cialde mi schifa e uso solo e sempre la moka.
– Eh... boh... forse l'ha portata Iris a Venezia.
– Allora sarà piena di ratti, – sorride Alice, e sbuccia il suo mandarino.

Iris torna per cena, alla fine, e lei, io e Francesco ce ne stiamo un bel po' seduti al tavolo della cucina a parlare e mangiare noci. Ho notato questa cosa, che mangiare noci aiuta molto a parlarsi a cuore aperto, a prolungare le conversazioni finché non arrivano al cuore delle cose. Racconto la storia di Noemi, di come mi ha presa in giro, ma sia Iris sia Francesco condividono l'opinione di mia madre, e cioè che alla fine non conta dov'è Noemi e cosa fa, conta che sono riuscita a ritrovarla, che la mia *quest*, dice Iris, a differenza di quella dei Cavalieri che cercavano il Santo Graal è andata a buon fine.
– E adesso mà? – chiede Iris. – Adesso che hai finito di

cercare Noemi, e papà sta sei mesi in Kenya, che farai? Veramente pensi di passare tutto il tuo tempo a pulire la casa?

– Non lo so, – dico con molta dignità, un filo offesa. – Come avete visto, ci pensa la vita a propormi delle cose. Diciamo che ho intenzione di continuare a occuparmi della casa con occhio vigile, pronto a cogliere quello che la sorte mi offrirà.

– Sono un po' preoccupato, – dice Francesco. – Non vorrei che la sorte ti offrisse qualche grossa stupidaggine mentre sono via.

– Beh, se succederà, tu non potrai farci niente.

Mi sembra una bella battuta conclusiva, perciò prima che possa rispondere, indico la porta.

– Se volete accomodarvi di là, io devo fare la cucina.

Ma quando sono finalmente sola, ignoro i piatti sporchi e le bucce di formaggio abbandonate, i gusci di noci e la padella del pesce, e prendo il telefono. Perché non ci credo fino in fondo, e nel baule dei segreti che sta contro la parete destra del mio cervello, continuo a pensare che tutte le famose scoperte di quelle grandi ficcanaso di mia mamma e di Alice siano semplicemente il risultato della megagalattica campagna di occultamento messa in piedi da Nathan Jay per coprirsi le spalle. Quindi ora mando un messaggio... anzi, no, chiamo Noemi, lo so che mi ha detto di non farlo assolutamente, ma è un'emergenza.

«Il numero chiamato non è piú attivo».

Ah. Forse l'ha disattivato per prudenza. Le scrivo una mail.

Apro la posta e scrivo una breve mail, che dice piú o meno Ehi Noemi dammi un numero attivo che il tuo è disattivato e devo dirti una cosa urgentissima davvero importante.

Faccio invio, e dopo un attimo mi arriva la classica Mail Delivery Subsystem, il tuo messaggio non è stato recapitato perché l'indirizzo risulta inesistente.

Ok, non mi arrendo. Scrivo di nuovo a Samantha.

L'indirizzo risulta inesistente.

Provo a fare il numero da cui ho ricevuto la videochiamata, ma già lo so.

Non è piú attivo.

Tutti i contatti che mi ha dato sono inesistenti, disattivati, immaginari.

Noemi è di nuovo sparita.

Dove? Perché? Con chi? Come?

Alla fine, che importa? Mi alzo dalla sedia e mi metto in una posizione da cavaliere solitario: gambe ben piantate a terra e leggermente divaricate.

È stata un'avventura! L'ho vissuta fino in fondo, mi sono divertita, ho trovato Noemi, ho conosciuto Giorgio Santafede e Alberto Corradeghini, ho ri-conosciuto Alice Lampugnini, sono stata ad Ameglia e nell'Orto Botanico di Montemarcello, ho recuperato il disco azzurro, ho vinto dei bellissimi orecchini con l'acquamarina, è andata molto bene.

Piano, per non farmi sentire dai due di là, sussurro:
– Grazie, Noemi. Ovunque tu sia, e qualunque cosa tu stia facendo, ti ringrazio per questa bellissima avventura, piú bella di quelle della *Banda dei cinque*.

Poi mi guardo intorno, e mi tiro su le maniche. Cucina, a noi due.

Sei mesi dopo

April Come She Will

Sono passati sei mesi da quando ho ritrovato e riperso Noemi. Cecilia si è sposata in turchese e sta imparando a fare la crostata, a controllare il diario e a dire basta dopo mezz'ora di cartoni. Marcella ha mollato Piero, se Dio vuole, e anche l'ufficio, e si è trasferita a Rivabella, per iniziare una nuova vita come investigatrice privata nell'agenzia della sua amica Lisa. Piero lavora ancora in Regione ed è andato a vivere con sua sorella, in attesa di trovare una nuova Marcella, o una nuova Bunni. Ma secondo me alla fine si beccherà la Cometti, e ben gli sta.

Francesco tra una settimana tornerà da Lamu. In realtà, non è stato completamente via per sei mesi. È partito a novembre, è tornato a Natale, e anche a febbraio per qualche giorno.

Alice ormai vive quasi stabilmente ad Ameglia, con i figli che vanno e vengono. Per fortuna ha avuto le prime avvisaglie di menopausa, non mi preoccupo piú che possa restare incinta. Ma le è rimasta appiccicata, dopo le nostre avventure, una vaga forma di sentimentalismo, per carità, solo un accenno, ma tant'è, ha preso un gatto. Sono andata a trovarla un paio di volte e si può dire che ormai siamo a tutti gli effetti amiche.

Iris sta dando gli esami con regolarità, li passa nel tritacarne senza curarsi di che voto prende, e intanto va avanti con «Art in Crochet», fa soldi e si diverte.

Io continuo a occuparmi della casa ma l'élan si è un pochino spento, forse. È sempre piacevole, ma non è piú un flash. Cosí mi sono rimessa anche a lavorare, un lavoro soft da qualche ora al giorno. Collaboro con la Mattel per gli arredi delle case di Barbie. Questo lavoro me l'ha trovato Alice, per qualche suo giro tra videogiochi e software, e mi piace tantissimo. Ho appena proposto un tavolo da pranzo con sedie per Barbie Country Cottage di cui sono orgogliosissima: il tavolo è rotondo e le sedie hanno tutte la seduta imbottita e ricoperta con stoffe di colori e disegni diversi, ma con la stessa atmosfera. Aspetto l'approvazione, ma già lo so che approveranno, perché approvano sempre tutto quello che gli mando. È semplice: io so cosa piace a Barbie.

Oggi sono a San Damiano d'Asti a trovare la mia prozia Teresa, che vive qui, in centro. Mi piace, il centro di San Damiano, e nel pomeriggio mi faccio un giro con mia cugina Alessandra e i suoi figli, scopo gelato. Mentre guardiamo le vetrine sotto i portici, Selvaggia (eh lo so, Alessandra è cosí) tira la mamma per una manica, indicandole un manifesto:

– Guarda mamma! Stasera c'è il Mago Loreno in piazza! Possiamo andare a vederlo?

Alessandra esclude, ma anche Luigi, il fratello di Selvaggia (lui si chiama come il nonno paterno, prendere o lasciare) insiste molto. Ci piantiamo davanti al manifesto, i bambini non si smuovono e io sono veramente incantata all'idea che una ottenne e un seienne di oggi siano ancora sensibili al fascino di un mago di paese. Sul manifesto è raffigurato, in un disegno a colori primari, il Mago Loreno, un nome che ho già sentito, ma dove, ma quando? Accanto a lui, quelle che vengono definite le sue «assistenti internazionali», Samantha e Ingrid. Sono solo due schizzetti, entrambe bionde, una alta e una no, con due succinti costumini con le frange, uno nero e uno rosso. E naturalmente tutto clicca, in un attimo. Il Mago Loreno! Ad Ameglia, nell'agosto del 2003! Samantha che gli faceva da aiutante momentanea... Il Mago Loreno, ma certo! E

Samantha, l'assistente alta, è ovvio! È diventata aiutante stabile! Ed evidentemente in tutti questi anni è rimasta in contatto con Noemi.

Col cuore che mi batte a mille, offro ai bambini di portarli io, a vedere il Mago Loreno. Alessandra mi guarda incredula.

– Veramente? Li porti tu?
– Certo. Perché no?
– È il genere di cose che detesti. Non farlo per forza.
– Ma dài, sono contenta di fare qualcosa con questi due.

Sí! Stasera conoscerò Samantha, la stanerò, mi farò dire dov'è Noemi, sí sí sí! Mi racconterà la vera storia, mi spiegherà tutto, dovessi minacciarla col coltellino svizzero che fortunatamente mi porto sempre in borsa.

Anzi, perché aspettare stasera? Dico ad Alessandra che devo andare a comprarmi dei collant e mollo lei e i suoi figli davanti alla gelateria. Poi raggiungo a passo di fatina volante la piazza dove si terrà lo spettacolo. Se non ricordo male da quando ero bambina e passavo qui parte dell'estate, dietro la piazza c'è il campetto dove parcheggiano i giostrai. Forse riesco a beccare Samantha adesso, tranquilla, e non stasera con i bambini fra i piedi.

E infatti ci sono due roulotte, messe in modo da formare una L, e nel piccolo spiazzo davanti c'è una donna alta, bionda, che stende un bucato. Samantha? L'ho vista col viso velato, ma sembrerebbe lei, riconosco i capelli.

E seduto su una sdraio, abbandonato alla sua sigaretta, c'è l'uomo piú bello che io abbia mai visto. Veramente. Non è piú tanto giovane, avrà una cinquantina d'anni, ma la sua faccia da angelo sciupato è un miraggio. Gli occhi sono blu come un cielo di Giotto, il naso sottile, i capelli bruni e ondulati. Lo guardo incantata, come se fosse una foto di Alain Delon. Che se ne fa, di tanta esagerata bellezza, il Mago Loreno?

Lui e Samantha non fanno caso a me, non sono l'unica qui, ci sono una mamma con un passeggino e dei ragazzini che strillano. Poi lui si alza, ed è bellissimo anche in piedi. Si alza e si allontana dietro le roulotte. Samantha continua a stendere. Adesso è il momento. Vado.

Resto un attimo in bilico, incerta. E se scappa, se mi picchia, se nega di essere Samantha? Resto incerta troppo a lungo, lei appende anche l'ultima maglietta stinta e rientra nella roulotte.

Mi avvicino col batticuore, colpita da quella paura della verità che ci fa rimandare il piú possibile l'apertura della busta col referto. Mi avvicino, e passo dietro l'altra roulotte, non quella in cui è entrata la possibile Samantha. Sulla piccola porta c'è un cartello con una stupenda cornice di rose ritagliate da qualche catalogo di fiori, e la scritta INGRID. Guardo dentro da una finestrella e vedo la piú ordinata, pulita e lustra roulotte dell'universo. Il piccolo lavandino scintillante, il divano letto con la fodera di cretonne, la fòrmica del tavolino lucidissima, un tappeto senza traccia di polvere. Vetri sfavillanti come io mai potrei ottenere neanche nei giorni senza sole, un vasetto di vetro azzurro pieno di dalie, tendine di pizzo cosí inamidate che sembrano di marmo.

E, appoggiata su una credenzina mignon formato roulotte, una bambola orribile fatta con sei tubicini di lana rosa e un cespuglio di lana gialla per capelli.

Mi giro, e torno di corsa a casa della zia Teresa. Non lo dirò a nessuno, neanche a Cecilia che a occhi bendati aveva centrato la verità, neanche ad Alice, neanche a mia mamma. Finalmente, avrò anch'io un segreto.

Ringraziamenti.

Questa volta devo proprio ringraziare qualcuno, perché senza Jenny Bertetto, la amata sorella delle mie figlie, scrivere questo libro per me sarebbe stato molto meno facile e naturale. Jenny è coetanea di Lilli, Alice, Noemi, forse è perfino stata a scuola con loro, chissà, e mi ha aiutata a ricordare momenti della sua infanzia e adolescenza che abbiamo vissuto insieme: la sua passione per i Duran Duran in generale e John Taylor in particolare, la sua fissa per quei negozi tremendi dove si vendevano abiti neri che sembravano concepiti da un pipistrello, i suoi Cicciobello quando era piú piccola... e mi ha regalato altri ricordi suoi, personali, da Fiammiferino a *Cercasi Susan Disperatamente*. L'ho tartassata di domande e lei ha risposto a tutte, aiutandomi a inventare Lilli e le altre, e soprattutto mi ha parlato in toni lirici della famosa Maglieria Magica, che tanta importanza ha nella storia che avete appena letto. Naturalmente, ma voi che frequentate i romanzi lo sapete, a parte i ricordi non c'è null'altro di lei nei personaggi: non è casalinga come Lilli, non ha quattro figli di padri diversi come Alice, non ha fatto scelte estreme come Noemi. È stata semplicemente il mio Pensatoio (chi ha letto *Harry Potter* sa di cosa parlo), e per questo, davvero, ti ringrazio, cara Jenny.

Le citazioni a p. 175 sono tratte da *Capitan Harlock*. Testo di L. Albertelli, musica di V. Tempera. © 1979 by Warner Chappell Music Italiana Srl.

La citazione a p. 192 è tratta da *L'isola di Wight*, testo originale di Michel Delpech (*Wight Is Wight*), musica di Roland R. Vincent. Adattamento italiano del testo di Alberto Salerno e Claudio Daiano. Copyright © 1970 by Universal Music Publishing. Sub-editore per l'Italia: Universal Music Publishing Ricordi Srl. Tutti i diritti riservati per tutti i Paesi. Riprodotto per gentile concessione di Hal Leonard Europe Srl obo Universal Music Publishing Ricordi Srl.

Indice

p. 3	1.	Sfida infernale
5	2.	Il Giudizio Universale
10	3.	Se ti punge una medusa
16	4.	Munro vs *Revenge*
23	5.	Cicciobelli
28	6.	Le rose, la neve e la cucina
34	7.	Il raduno degli APB
44	8.	Tre figli africani
53	9.	McBacon e sofferenza
60	10.	Lisa di Rivabella
70	11.	Quello che sapeva Sonia
77	12.	Figlio di una meliga
82	13.	Macelleria Pellegrini
95	14.	Johntaylor
103	15.	Fitzcarraldo
111	16.	Chi è Samantha
119	17.	L'effetto meringata
126	18.	Superghiacciola e il paese dei bastoncini
131	19.	Al Debiross
141	20.	Scende la sera sulle Langhe
146	21.	Galant combinazione con porta documenti
154	22.	«Art in crochet»
162	23.	Cip o Ciop
170	24.	Datura fastuosa

p.	175	25. Clelia dalle nuvole
	185	26. Morta suora terrorista
	188	27. L'isola di Wight
	198	28. La doppia ora
	203	29. Rebecca Horn
	210	30. Lucio
	218	31. Sposarsi a La Morra
	224	32. La *Madonna del Topino*

Sei mesi dopo
235 *April Come She Will*

239 *Ringraziamenti*

Stampato per conto della Casa editrice Einaudi
presso ELCOGRAF S.p.A. - Stabilimento di Cles (Tn)
nel mese di ottobre 2021

C.L. 25022

Ristampa																		Anno

0 1 2 3 4 5 6										2021 2022 2023 2024